作家小书房

一切都源自童年

猴戏团

张忠诚 著

作家出版社

图书在版编目（CIP）数据

猴戏团/张忠诚著. -- 北京：作家出版社，2020. 8
ISBN 978-7-5212-0854-2

Ⅰ. ①猴… Ⅱ. ①张… Ⅲ. ①长篇小说 - 中国 - 当代
Ⅳ. ①I247.7

中国版本图书馆CIP数据核字（2019）第287545号

猴戏团

作　　者：张忠诚
策　　划：左　昡
责任编辑：邢宝丹　桑　桑
装帧设计：瑞　泥
插　　图：王　娜
出版发行：作家出版社有限公司
社　　址：北京农展馆南里10号　　邮　　编：100125
电话传真：86-10-65067186（发行中心及邮购部）
　　　　　86-10-65004079（总编室）
E-mail:zuojia@zuojia.net.cn
http://www.zuojiachubanshe.com
印　　刷：中煤（北京）印务有限公司
成品尺寸：148×210
字　　数：123千
印　　张：7.625
印　　数：001-10000
版　　次：2020年8月第1版
印　　次：2020年8月第1次印刷
ISBN 978-7-5212-0854-2
定　　价：29. 80元

我用这个叫黑雀的孩子的故事，向清初到民国年间逾三千万下关东的先人们致敬。

爷爷跟我说，太爷爷就是光绪末年下关东逃荒过来的。当年太爷爷是个无家可归的孩子，经历万难千险，竟奇迹般地在关东大地上活了下来。

目录

⊙第一章　扁担沟——→001

⊙第二章　香炉山——→029

⊙第三章　白马石——→057

⊙第四章　猪嘴滩——→083

⊙第五章　三角城——→115

⊙第六章　乌金塘——→151

⊙第七章　白狼河——→175

⊙第八章　青堆子——→209

⊙评　论　黑土地上的猴行者　李蔚超——→233

第一章 扁担沟

扁担沟地名考:

从前有个卖油郎，挑着油篓子卖油，一篓子麻油，一篓子菜油。一日，卖油郎晚归，过松山，有一绿衣女子从林中奔出，大呼救命。卖油郎大惊，女子奔至近前，乞求救命。卖油郎以为有强盗，要一起逃命。女子说歹人为追她而来，不会伤害卖油郎。卖油郎不解。女子说可否到油篓子里藏身，卖油郎说篓口细如拳头，如何藏进？女子说能藏，言罢缩身钻入。卖油郎大惊。歹人追至，是个跛脚道人。问卖油郎可见绿衣女子，卖油郎指向别处，道人追去。又行了一程，卖油郎呼唤女子，女子从油篓出来，衣襟未沾油星。

女子自称草娘。从此，草娘必等卖油郎晚归。一天晚上，卖油郎过松山，却迟迟未见草娘，便放下担子等候。日复一日，草娘终未现身。卖油郎化作磐石，扁担烂成板石沟，松山一分为二，油篓化成集镇，一个菜油镇，一个麻油镇。板石沟叫成了扁担沟。原来草娘是只狐仙，让跛脚道人捉进葫芦瓶，沉入了松山湖底。人们在松山湖畔修了狐仙庙，叫草娘庙。

读过古书的人听了，说这传说是从《聊斋》里偷来的，但两油镇的人却说，不是他们偷了《聊斋》，是蒲老头儿听了扁担沟卖油郎的故事，写进了《聊斋》，卖油郎等草娘等了上千年，《聊斋》才几百年呢。说得有理。扁担沟的传说，在两油镇，连小孩都说得很溜，还能来四句顺口诗：一条扁担沟，挑着两篓油。要问卖油郎？沟中磐石头。

一

黑雀在草窝里醒来时，发现逃荒的人都走光了。只有他一个人站在打谷场上，孤零零地看着十几个大草垛，每个草垛都像一座黄色的山丘，它们一起在风里响。一个人都没了，人们走时竟没有喊他一声。或许他小，就把他忘在了草垛里。

肚子空着，破布袋子也不见了。布袋原来在裤腰上拴着，装着半个窝头和一只黑瓷碗，黑雀嫌硌腰，解下来放在了一边。一个草窝里睡的还有个六指儿，黑雀不知道他叫什么，只知道他的两只手都是六根手指，大家就叫他六指儿。六指儿声称会看手相，常抓着别人的手说三道四，为的是分一口吃的。大家明知他在胡说八道，但当他凑过来说，我来给你看看运气吧，还是会有人把手伸给他。六指儿不见了，布袋子也不见了。黑雀想，一定是六指儿拿走了。急急出了打谷场，他得追上六指儿，要回布袋子。

走了一上午，也没追上六指儿，连那几个同行的逃荒人也没有追上，黑雀慌了。布袋子还不是紧要的，在这关东大地上，山野茫茫，没有个伴儿，一个孩子咋走下去呢？天黑下来以前，要找到新的逃荒人才行，起码得有个伴儿。这是他出山海关后，头一回要单帮儿。

一直到傍晚快要来临，黑雀也没再见到一个逃荒客。

黑雀沮丧地坐在镇外的石桥上，桥下的河水还没结满冰，夕阳沉在水里。河岸枯草连天，有飞鸟时起时落。鸟还有个草窝栖身，这只黑雀还不知寒夜如何过。

走进镇子，十字街口聚拢的人正在散去，一个耍猴老人在弯腰收拾摊子，手上牵着一只猴子。黑夜即将到来，要是错过了耍猴人，再难找到伴儿了，这是他最后的稻草。

老人背上一个黑漆木箱子，牵上猴子往镇外走去。黑雀袖着手，不远不近地跟着。老人找到一口旧石窑。黑雀也来到窑口，靠着墙蹲着。

耍猴人没跟黑雀说话，在窑外面架起锅子煮饭。黑雀不盯着耍猴人，只盯冒热气的锅。稀饭煮出来，耍猴人先给猴儿盛了一碗，猴儿学着人吹凉了才吃。

黑雀咕咚咕咚咽口水，胸脯起起伏伏，肩头跟着向上耸。耍猴人心善，看着黑孩子的饿相，把带子扎紧些，将饭锅底儿刮进碗里，端给了黑雀。黑雀接过碗，夸张地耸了下肩，脸埋进碗里扒。

窑里住过人，地上有烂草，耍猴人躺下就睡了。

黑雀挪进窑窝，靠着窑壁也睡了。

天亮了，耍猴人背上箱子走，黑雀虫子一样黏着。

耍猴人说："我没有多余的饭给你吃，你没看见我跟猴儿还吃不饱吗？"

黑雀还是跟着。

来到一处镇子，石牌楼上写着望花镇。牌楼高，也阔气，镇子却冷清。撂地儿耍猴儿，没收几个钱。傍黑儿收了摊子往镇外走，耍猴人得找过夜的地儿。

往山间走半里，有个房壳子。原是两间，只剩半间房有块草棚顶。耍猴人埋锅造饭，找柴生火，一抬头黑雀抱着干柴等着呢。耍猴人笑了，这黑小子话少，鬼机灵着呢。

"你烧你的柴火，我这口锅烧我的柴。小子，我真没米给你吃了，要再分一碗饭给你，我跟猴儿都得饿肚子过夜。"

耍猴人去房后拾柴火。

正拾着柴，屁股后飘过柴烟来。

回房壳子一看，黑雀正弯腰撅腚吹火，脑门黢黑，头发也燎焦了。耍猴人没法说别的，把柴火丢在地上，蹲在门口看着黑雀生火。

饭煮好了，黑雀出去找柴火。林子间有枯树，撅些来压在草火上。黑雀在烧炭火，留着夜里取暖的。压好了火，耍猴人说："吃吧。"

黑雀刮净了锅子，捧着碗才吃起来。

夜里耍猴人睡里间屋，黑雀睡外屋，他也不说话，守在火边续柴火。夜冷下来，黑雀夹着烧半透的木火，堆到里间屋墙角来。后半夜黑雀在火边睡着了。醒来见耍猴人坐在火边续火。黑雀要抢着续柴火，耍猴人推开了，说："兴你给我生火，不兴我给你生火？在外走江湖，吃百家饭，没这个规矩。"

天又亮了，耍猴人支锅煮饭，当着黑雀的面，把米都倒进了锅，米袋子翻过来，米糠抖进锅里。他说："小子你看清了，所有的米都在锅里了，今儿个吃顿饱饭，吃完了你该去哪儿去哪儿，不是我不收留你，是留不下你，咱仨一路走都得饿死。分开走兴许都有条活路。"

起初黏着耍猴人，黑雀就想搭个伴儿，眼下不这么想了，他想学耍猴儿。耍猴人收拾妥当拔脚走，黑雀还是跟着。耍猴人狠狠心，拐弯奔扁担沟去了。扁担沟狭长一条子，几十里呢，脚板走疼就不跟着了。

二

进了沟，耍猴人甩开了步子。

木箱子在背上，猴儿时不时还要爬上来，要主人背着走。猴儿压得耍猴人背有些驼。这猴儿倒不贪，蹲一阵儿，跳下去自己走。这猴儿若是人，也该七老八十了。

雨水沤过的松山，散发着浓烈的腐败寒气，斜着向上延伸的沟坡，像一张斑秃的兽皮搭在山梁上，皮毛里长着柞木、榛子秧和大片的荆条，零星也长着几棵油松、山杨木和水曲柳。麻雀在黄草里觅食，受了惊扰，成群地飞起来，扑棱棱落到另一片草丛里去。

走了近半程，耍猴人傻眼了，黑雀脚步不输他。看看路，又走了三里，到了磐石台，停下来歇脚儿，要嚼点干粮。

耍猴人吃干饼子时，黑雀不停地往下咽口水。

黑雀转着眼在琢磨事儿，突然站起来走到了耍猴人

近前。磐石台像盘老炕，他在石炕上翻起了跟头。耍猴人本来想走了，见黑雀又翻跟头又打把式，瞧新鲜景儿，又不忙着走了。翻完跟头黑雀托着烂帽子说："在家靠爹娘，在外靠朋友，练得不好，还请师父多多包涵。师父也是走江湖的，知道把式不能白打，这山沟子里没别人，除了师父没第二双眼睛，把式可尽给师父一个人练了。"

一番话把耍猴人说没词了，接不上话，憋了一会儿，没憋住，扑哧乐了。这是规矩，走江湖的哪有不懂的，把式不能白打。

黑雀吃着饼子，故意嚼得吧唧吧唧响。耍猴人并不觉得亏，让这个黑小子给绕进去，没有气，反倒乐和。

"叫啥？"

"黑雀。"

"黑雀？得有个姓吧？"

"没有，不知姓啥，没见过爹娘，黑雀还是别人看着黑，喊出来的。"

"哪里人？"

"关里。"

"关里大了去了，说个小地方。"

"谁给吃的跟谁走，打小儿就不知哪儿的人。"

“多大了？看你瘦的，树上的雀儿都比你有膘。”

“不知多大了，管他呢，那玩意儿又不顶饭吃，咱又不是大户人家的少爷。”

耍猴人没往下问，这是个孤孩儿。这干巴巴的小身子，黑不溜秋的皮色，长上俩小翅膀，还真是个黑雀儿。耍猴人心软了，看看天，也该走了，他牵了猴儿跳下磐石台，箱子还在台上撂着。黑雀看明白了，走江湖卖艺，担子得徒弟挑。黑雀背上木箱子，跳着脚跟了上去。

“师父，去哪儿？”

耍猴人扑沓着大脚板，说：“谁说当你师父了，你叫我老高吧，猴儿叫老妖。”

“我不管，反正就喊师父。”黑雀嘻嘻笑着，又说，“师父，去哪儿？”

“走哪儿算哪儿。”

“师父，走哪儿算哪儿是哪儿呀？”

“白山黑水黄草甸子，这么大个关东，还走不开四只脚？”

“当然走得开，师父走哪儿我跟哪儿。”

“你小子不是雀儿，是块狗皮膏药。”

黑雀不接话了，心里暗喜，他这块狗皮膏药有着落

了。他不知这条扁担沟多长，还要走多久，不过他一点都不急。他是有师父的人了。扁担沟冷下来，风凛冽起来，鬃毛刷子一样刷。薄褂子四处漏风，穿在身上哪还是布缝的，简直是树叶粘到身上的。风吹过来，刷子把树叶一片片刮掉。不过风再硬再冷，黑雀心里还是暖的，有师父的人了，好歹不用再做孤雀了。

三

从磐石台走五里，到了灯笼砬。砬上一座灯笼状石塔。砬前一大片荒草滩，过扁担沟的人常在草滩歇脚、避风、过夜。师徒俩走到大草滩，天还不算晚，草滩上有一群逃荒客，散在草窝里，个个破衣烂衫，头发蓬蓬，如乱草擀毡。黑雀先嚷起来，跑进人群给逃荒客挨个儿相面。人很杂乱，大大小小有二三十个。找了半天失望地回来见师父，没有找到六指儿。

一问，大都莱州过来的。

莱州哪儿？

掖县。

高师父说我是龙口的，老乡呀。

是乡亲了，就格外亲些，说起了掖县。掖县大旱了三年，不旱了，雨水又多，三年挤到一年下。水退了，瘟疫又来了，死人埋不过来。没有了活路，只好拖家带口下关东，听说关东能活人。一路凄风苦雨，也没把肚子囫囵圆，眼瞅着关东进了冬季。饥饿还没走，严寒又要来了。

有个一家五口，汉子叫来锁，妻子叫凤花，带俩孩儿，一丫儿一小儿，丫儿叫瓦瓦，小儿叫轱辘，来锁还有个妹子叫画眉。来锁原在掖县开纸坊，连年遭灾，纸坊生意难做，但勉强能糊口。好不容易躲过了瘟疫，谁知纸坊起了大火，祖辈攒下的家业，一把火烧成了灰。

来锁领上妻儿和妹子，推着个独轮板车下了关东。半路上没吃的，车子换了一顿稀饭。来锁换了个挑子，一头筐里一个孩子，凤花过一阵换一换来锁。妹子画眉肩膀嫩，还挑不得担子，歇脚时生火做饭。说是做饭，其实大多时候煮水，几粒米，熬一点米汤。来锁会捞纸，一路找纸坊，打算干本行，安顿下来，可一路也没找到纸坊，五口人常断着顿儿。

在七里屯遇上了这伙逃荒的，碰巧还都是莱州来

的，搭着伴儿一起走，走到了麻油河。轱辘一路病着，四岁的孩子瘦如虫子。轱辘眯眼不睁，凤花哭，来锁没法哭，他是主心骨。妹子画眉疼侄儿，也偷着抹泪儿，女孩家也没啥主张。

高师父看了看轱辘，也皱眉头，怕是活不了，但他没说。一句丧话一把刀，能把人捅死。他跟来锁说了几句别的，回头招呼黑雀。黑雀跑去看箫。逃荒背箫，高师父也稀奇。来锁说那人是个教书先生，姓韩，韩先生会吹箫，还会写诗。

遇见了乡亲，高师父就不想走了，留下一起过夜，听几句乡音。坐在草窝里拉扯些家长里短，天也走进黄昏了。在山洼里，山挡着太阳，黑得便早些。逃荒客里打单帮的多。俗话说站着不如倒着，没饭吃的便倒在草窝里。师父喊黑雀支锅造饭，也只有半把苞米糁子了。火却烧得大，灯笼砬子边上烟气弥漫，像一个小村庄上空飘满了炊烟。

在林子里拾干柴，黑雀捡着了一块旧木板，一拃宽，二尺长，板头儿有些糟朽了。烧火煮锅，黑雀用炭黑往木板上描字，描完烧铁丝烙字，木板烙得呼呼冒烟。烙完字还不算完，又钻了两个窟窿眼儿，穿了条细麻绳，挂到一棵枯树上。

黑雀得意地喊师父。

师父见木板上烙着五个字：高家猴戏团。念了几遍，师父说："戏团是不是叫大了？人家唱折子戏的、唱柳子戏的，连敲锣带打鼓有唱有扮，才叫个戏班子，咱这两人一猴，就叫戏团，挂出去也不怕人笑掉大牙呀？"

黑雀振振有词："师父，我在县城看过一回马戏，就在街筒子上，是外国人的马戏，一伙洋人，吊着个牌子，洋字我不认得，底下的字认得，叫啥马戏团，他们能叫马戏团，咱这个就能叫猴戏团。"

师父说："人家洋人有猴、马、狮子、老虎，啥兽物都有，叫戏团不诓人。"

黑雀嘻嘻笑："他们叫马戏团不诓人，咱叫猴戏团就诓人了？咱有猴有戏有人，叫猴戏团也不诓人。"

高师父说："随你刻啥字，反正咱只是个耍猴儿的。"

师父默许了，黑雀就想张扬张扬，他嫌枯树不够高，哧溜哧溜爬上一棵老槐，挂在树杈上。上树时还背了锣，挂好木牌，骑在树杈上敲锣。锣声刺耳，在草窝里揉肚子的饿汉也坐了起来，循着锣声找究竟，见黑雀在树杈上，有几个嘻嘻笑起来，说："树上落了只黑雀儿。"

师父喊黑雀下来，掉下来还不摔个好歹儿的。

黑雀说："师父，猴戏团今儿个就算开张了。"

说罢又咣咣响锣。

师父说："你快别敲锣了，一会儿石砬子要震塌了。"

黑雀还敲。

师父说："你再敲锣糙子粥可喝光了。"

黑雀就不敲了，哧溜从树杈上滑下，离地面还有多半丈就往下跳，雀儿一样落在草窝里。

师父说："看不出你身子倒轻。"

黑雀说："我练过轻功的。"

师父说："是呀，有这大能耐呀，你给我飞身上个树看看。"

黑雀嘻嘻笑，去端碗。

师父也知黑雀在胡说，不跟他计较了。不过倒是没想到黑雀会写字。师父想着这孩子身上怕还真有些机缘。

四

要喝粥了。一个孩子走过来，也不说话，蹲在师徒俩前面嚼嘴巴，比吃一碗粥还要响。一个孩子来了，别家的孩子也来了。来了五个孩子，围个半圆，蹲在草窝里看他们吃。黑雀不管不顾地吃。本来粥稀，喝下去也填不饱肚。师父端着粥碗，送到嘴边又拿开了，随手撅了根树枝，在碗底搅了搅，树枝上沾了些粥，递给一个孩子，那孩子接过去，把树枝吸吮干净。一个孩子吃到了，余下的都直勾勾看。师父拿回树枝，又搅了一搅，给了另一个孩子。

给每个孩子搅了一回，孩子们还不走。师父嘴巴又挨到了碗边，孩子们嘴里集体咝咝响。师父又把碗放下了，他说："再吃一回，吃完你们都走吧。"

又拿过树枝搅粥碗，五个孩子又吃了一回。

孩子们不但没走，还往前凑，围住了师父，没有一个孩子说话，也没人喊饿，灰头土脸地吐着舌头。师父想用树枝赶走他们，看着张着的五张嘴巴，有一个小女孩的下门牙掉了，口水从牙豁口流出来。师父挥舞起来的树枝，最后还是落在了粥碗里。

不知搅了多少个来回，一碗粥搅光了。碗里的粥搅不起来了，师父把碗给他们舔。他端着空粥碗，竖着一根手指说："你们每人都舔一口，只能舔一舌头，谁也

不能多舔。”

每个孩子都只舔了一下，接过碗之前，都把舌头尽力吐得长一些。一圈下来，碗里连一星残渣都没了。有女人在喊孩子了。师父把碗让孩子们看了，挥挥手说：“快回去找你们爹娘吧。”

五个孩子走了四个，剩下一个小女孩，就是掉了下门牙的那个孩子。这个小女孩有个显眼之处，一只脚上穿了只大红鞋子，另一只脚穿了草鞋。她走过来时有些踮脚，师父还以为她有腿病。女孩看着师父，师父说：“快回去吧，爷爷这儿没吃的了，你娘一会儿要喊你了。”

小女孩说：“我娘没在，我跟爹一起走来的。”

师父说：“你叫啥？你娘咋没跟你一起走？”

小女孩说：“我叫银花。本来是跟娘一起走的，半道上娘得了病，我爹背着我娘走了好几天，一天早上我醒来没见到我娘，我找娘，我爹说我娘夜里坐上大马车先走了，她去前边找大夫看病了。我跟爹在后面撵她，我娘临走给我留下了一只红鞋，另一只她穿走了。我娘说我穿着她这只红鞋，准能撵上她。”

师父看银花的脚，银花故意把那只穿红鞋的脚往前伸。

银花说："爷爷，你说我能撵上我娘吗？"

师父看看银花，红鞋子红得烧他的眼睛。师父没法接这个话，还不能不接，他想了一会儿，说："依爷爷看，丫儿紧着脚跟爹走，准能撵上。"

银花脱下红鞋子，翻过来把鞋底子给师父看，她说："娘这只鞋子要走烂了，为啥还没见着娘呢？"

师父见鞋底子磨出窟窿了，他说："丫儿，大马车跑得多快呀，马四只蹄子，丫儿两只脚，咋能说撵上就撵上呢？"

银花说："爹说大马车轱辘大，到底有多大呢？"

师父说："丫儿你见过磨盘没？"

银花说："见过，半路上爹给人拉过磨，磨一天豆子，换一块豆腐吃。"

师父说："大马车的轱辘，跟磨盘一样大。"

银花笑了。

师父以为她就是要问这个呢，见银花从怀里摸出一个小东西，两只手捧着，露出个缝儿给师父看。师父看到了一只羊骨头子儿，又叫羊拐，关东人叫嘎拉哈。师父以为银花要跟他玩欻骨头子儿，一大把年纪了，哪儿还能玩这个呢？刚想说去找黑雀玩，银花神秘地说：

“爷爷，我吃了你的粥，你也舔舔我的羊拐解解馋吧，爹说这羊拐上有羊膻味，舔一口就算吃到荤腥儿了。”

银花还捧着羊拐，她怕别人看了去，也来抢这口荤腥儿。师父嗓子噎住了，银花刚说红鞋子时，他眼里就噙着一汪水，这一来这汪水噙不住了。他背过身去，忙把眼泪擦了。本来要猴人是不动荤腥儿的，但师父还是接过了羊拐，捧着舔了一下。银花眯着眼，神秘地说：“香不香？”

师父吧嗒吧嗒嘴说：“比粥香多了。”

银花想了想，摇摇头说：“还是没有粥香。”

五

来锁家五口围着一堆火。

瓦瓦在画眉怀里坐着。该给生病的轱辘一点粥喝，可粥没了。师父从箱子里翻出一个小布口袋，口袋很小，伸两根手指进去，好半天捏出一块黑渣儿。

黑雀不认得黑渣儿，只见师父捏着去找了来锁。之前说过几句话，认了乡亲，也就不生分了。师父把黑渣儿掰成两半，一半先给了瓦瓦。瓦瓦不敢接，师父塞到瓦瓦嘴里。来锁、凤花、画眉看着瓦瓦。

瓦瓦含了一阵，突然说："是糖。"

凤花、画眉扭头看师父。来锁忙去抠瓦瓦嘴巴，说："丫儿呀，快吐出来，咱吃不起糖。"

师父把来锁胳膊拉回来，说："给丫儿甜个嘴儿。"

瓦瓦不含了，吐在掌心，怯怯地说："给弟弟吃。"

师父摊开手掌说："瓦瓦吃，这儿还有呢。"

师父把剩下那疙瘩糖给了轱辘，凤花抱着轱辘，往轱辘嘴里塞，轱辘不张嘴，她还塞，终于让轱辘咬着了，凤花哭着说："轱辘不亏了，吃着糖了。"

师父心揪揪着，这么多年啥没见过，看这病孩子，还是心疼。轱辘咬着糖疙瘩，只有豆粒大。这疙瘩黑糖，在小口袋里有二十年了，还是在宁远县，看耍猴儿里的有个洋人，洋人没赏钱，给了他一颗白牛奶糖。这糖在布袋里磨成了黑疙瘩，看上去像块沤黑的羊屎蛋。这块黑羊屎蛋像个宝贝疙瘩似的被藏着，师父嘴馋了，也只是托在掌心，用舌尖舔一下。

夜里韩先生吹起了箫，声音像哭。火堆四处烧着。不知谁在喊，让吹个喜庆点的。韩先生说箫就这个调调儿，迎亲曲儿也能把人吹出眼泪来。有人说那就别吹了，听了这调调儿眼泪要把麻油河淹了。韩先生说不吹饿呀。那人说，吹了就不饿？韩先生说吹了更饿。那人笑韩先生读书读迂了。韩先生就不吹了。

夜往深了走，寒气就成了一把一把的锥子。师父跟黑雀睡在草里，中间挤着老妖，猴绳拴在师父腕子上。师父睡不着，听韩先生吹箫。韩先生不吹了，师父觉着缺了点啥，这夜反倒凄凉起来。

扁担沟走累了，黑雀睡得死。箫声停了，石砬子上有野鸟叫，一个饿汉子冲石砬子喊鸟，鸟就不叫了。他骂肚子里咋生了恁多的饿虫，别人不饿就他饿。不光骂，还啪啪拍肚皮，他说要把饿虫拍死。谁不饿，哪个没生饿虫？又不好笑。

人不喊了，鸟又叫了，那个饿汉子气急，要去石砬子上掏鸟。师父暗里笑，都说吃饱了撑的脾气会躁，这吃不饱饿着脾气也躁么？师父叹了口气，听人骂鸟，还不如听韩先生吹箫呢。饿汉子不睡了，他骂骂咧咧地爬起来，往石砬子走去。石砬子看着近，走着远，骂声渐渐让风声淹没了。

夜鸟不叫了，哭声却起来了。是凤花在哭。凤花哭轱辘。来锁坐着，画眉也坐着，瓦瓦在来锁怀里，画眉接过去抱着。散在草窝里的人，听到哭声也醒了，都猜了个八九。以为韩先生会吹个曲儿，送送轱辘的。韩先生没吹。夜鸟又叫，饿汉子在石砬子下没喊鸟。在凤花的哭声里，鸟叫更凄凉。

师父坐起来，把火堆拨开，加了柴烧起来。借着火光，撮了些浮土。麻油河边上是红黏土，三里外便有个烧砖窑。他从水壶里倒些水出来，团了四个小泥团子，然后捏来捏去的，捏完了放在火上烧。又往火上加柴，火始终烧着，一直烧到天快亮了。师父仄歪在火堆旁眯着了。火堆成了灰堆，烟也没了。师父让逃荒客们吵醒，一骨碌身坐起来，看见灰堆了，揉揉眼扒灰，从灰里扒出四个烧硬的小物件儿，还热着。师父左右手倒换着，噗噜噗噜吹着灰。吹净了灰，师父捧着喊银花。

银花来了，一跳一跳的。

师父说："银花你把手摊开，把眼闭上。"

银花真把眼闭上了，手掌摊开等着。师父把四个小物件儿放在银花手上，银花睁眼后兴奋地说："是羊拐。"

师父说："是泥的。"

师父用红黏土给银花烧了四个羊拐。

银花说："这是给我的？"

师父说："嗯，送给银花留个念想儿，爷爷吃了一口荤腥儿，嘴巴香了一晚上呢。"

银花一手攥着两只泥羊拐，又一跳一跳地回去找爹了。

天大亮了，凤花还抱着轱辘。来锁说埋了吧，一会儿丫儿该醒了。凤花还抱着，轱辘嘴角糊着糖涎水，都风干了，凤花用唾液沾湿了，往轱辘嘴里抹。瓦瓦醒了，要抱弟弟，画眉揽着瓦瓦，瓦瓦就挣，非要看弟弟。画眉说弟弟睡着呢。瓦瓦说睡着好，等他醒了给他吃糖。瓦瓦把手掌摊开，糖疙瘩在掌心呢。画眉就哭了。

师父喊过来锁，说："你想找纸坊，我知道一家纸坊，离麻油河二百里，在青柳镇，纸坊掌柜姓廖，也是早年下关东来的，落脚在青柳镇开了纸坊。你去找廖掌柜吧，人挺善，兴许能留下你。"

来锁说："高师父这是给我指了条活路，我去青柳镇找廖家纸坊。"

师父说："我给你说去青柳镇路咋走，你记好了。"

来锁说：“我记着呢。”

师父说：“你往回走，出扁担沟，从菜油镇的骆家屯往东南走，过万宝山、钟鼓屯，再往下走到了胡家窝铺，出胡家窝铺到牛蹄山，过牛蹄山到马甲甸子，马甲甸子跟青柳镇连着，不过，从马甲甸子到青柳镇可不好走，你要绕上三十里，走白龙滩，过甜水河到青柳镇。马甲甸子到青柳镇有条黑虎沟，黑虎沟有个趴虎洞，是条近道，可不要走，黑虎沟趴虎洞没虎，但有豹子。”

来锁说：“记下了，不走黑虎沟，绕三十里走白龙滩。”

师父说：“走吧。”

来锁回去了。

凤花还抱着轱辘，来锁让凤花抱着，没说别的。瓦瓦坐在挑筐里，另一个筐放了石头。瓦瓦还攥着手，手心有疙瘩黑糖。来锁挑着挑子出荒草滩往回走了，黑雀看着筐里的瓦瓦，眼收不回来。

韩先生又吹箫了。

六

银花又跑过来，向着师父龇牙。师父看到豁牙又大了，银花把攥着的小手摊开，手心里是颗牙。她说：“刚掉下来的，爹说上牙往地上扔，下牙往天上扔，我没扔，我留给爷爷。”

银花把小门牙拍在了师父手心上。她爹担着烂挑子喊银花。银花走了，走几步回头又龇了一回牙，下门牙那儿是个小黑窟窿。师父也向着银花龇了牙，又向她挥挥手。银花走到她爹前面去了，先从砬子缝里钻进去。师父托着那颗小牙，看着银花一跳一跳地走远才回过神来，把小牙塞进了小布口袋。小布口袋里可都是他的宝贝，零零碎碎装的啥都有。

逃荒客依次穿过石砬缝，却没有了夜里喊饿的汉子，他半夜去石砬子掏鸟没回来。高师父没着急走，让黑雀牵着猴儿在原地等，他去石砬子那边草窠里去找饿汉子。韩先生也没走，他坐在大草滩里吹着箫。师父走到石砬子前喊人，除了风刮草声，没有人回应。

后来，他在石砬子底下，找到了饿汉子，人已死了，看样子是从高处摔下来的。师父喊吹箫的韩先生，韩先生来到近前，见了四仰八叉躺着的饿汉子，好一阵摇头叹息。以为他饿得脾气躁，在石砬子下喊几嗓子骂几句鸟也就算了，哪想这家伙真爬了石砬子。

人死了要入土为安，不能暴尸荒野。师父说埋了吧。韩先生说埋了吧。可土冻住了，地挖不开。扯了些草做了铺垫，把饿汉子放躺在草上。人回不去山东，头朝向山东吧。

韩先生叨叨：往西走，别朝东，饿死鬼，早托生……饿汉子嘴巴合不上，张着黑乎乎一个洞口。师父扯了把草塞进去，让饿汉衔着。韩先生接着叨叨：要往生，嘴别空，嘴不空，好托生……

黑雀等久了，也来石砬子下找师父，看见了新堆的石头坟。

韩先生说过不了多久，这坟就荒了，立个碑吧。师父说立个碑吧。写啥呢？谁也不知死者姓名，饿汉子是大伙儿喊着玩的。在饿汉子死去的不远处，遗落着他一路走来拄的枣木棒子。韩先生在坟前堆了几块石头，把枣木棒子插在了石头缝里，他对着坟说：“伙计，这根

棒子就是你的墓碑了。”

师父说：“走吧。”

黑雀背着箱子打头，师父背猴儿在后。走出了灯笼砬子的荒草甸子，忽然传来悲戚的箫声，回头看韩先生没跟上来，他还在石头坟那儿。黑雀想喊韩先生走。师父说：“别喊了，这是山东老家的送魂调儿，要吹上七天呢。”

第二章 香炉山

香炉山地名考：

香炉山，又名香炉碗山。

山形似铜香炉，由此得名香炉山。主峰为整块石砬，石砬形如卧马，马头上昂，顶有碗大石窝，好似小香炉碗，故此也叫香炉碗山。

石窝香炉有个神奇处，凡天降甘霖，碗中积水，必有鱼游，水竭则鱼遁，水盈则鱼现。石窝半尺外，石缝间生一株降龙木，似一炷香插在香炉中。或晨或暮，香炉山上皆有云气缭绕，远看如燃香飘烟，袅袅不绝。

山上有一天然石洞，有摩崖石刻，上书摩云洞。书者不详，摩云之意亦不详。

第二章 香炉山

一

走到一片山岭之下，忽然落下雪来。

师父指着山头说：“黑雀你看那石砬子像啥？”黑雀看了又看，晃着脑袋说：“看不好。”师父说：“你再看。”黑雀还是看不出，师父说：“你人尖眼咋不尖？你看像不像个香炉碗？”黑雀一下子就兴奋了，说：“还真像个香炉碗。”师父说：“这山叫香炉碗山，山上有个摩云洞，咱到摩云洞避避风雪再走。”

上山过一片林子，有树折断了倒卧着腐烂在那里，有棵树上长着一个灰不溜秋的球球。黑雀以为是野蘑菇，师父说这不是野蘑菇，这叫马勃包，叫白了也叫马粪包，灰皮里包着黄面面儿。黑雀觉着新奇，关东山里啥都有，稀奇玩意儿多，不像平原，除了田野还是田野。

师父采了马勃包。黑雀说：“师父晚上吃马粪包？”师父说：“这玩意儿可不是黏豆包，没法当饭吃。但它是宝贝，止血可好呢，在山里走，得识这些宝贝。”说

着话，看见摩云洞了，洞口大得像城门。进了洞，外面雪下得更大了。拴好猴儿，趁着雪还没盖山，两人赶紧拾柴。好在山上枯树朽木多得是。等得生起火来，黑雀脱下靰鞡鞋，扯出靰鞡草烤，草溻湿了。

夜里冷气很重，火烧在洞口，寒气挡在外面。师徒俩看着火，洞外黑漆漆的，山间鬼哭狼嚎。

“这是风，关东山里的风像一头豹子。”

“平原上的风可不这样，脾气好着呢。”

“到了关东就说关东的事，关东的风都是铁匠，不打犁铧钉耙，专打刀子。雪一来，这刀子就开了刃，割到哪儿，哪儿见血呀，你小子等着罪受吧。”

黑雀去看风，看不见风，也看不见刀子。外面黑，风声更瘆人。火光照着洞口，挂了一片雪帘子。

一夜醒来，大雪封山。而这雪的疯狂才开头，像着了魔，下起来没完没了。几天下来，山隐没了粗硬的线条，只见白色的轮廓。

摩云洞是个暖屋，避风挡寒，不缺柴烧，也不缺水，锅子里能化雪水。唯独吃的少，米到第三天全吃光了。本来这三天的米其实也只是一天的量。师父估摸了一下雪，至少五尺深，带个孩子和猴儿下山几无可能。

他们就这样入了绝境。

二

断食三天后，黑雀躺在地上，话也说不动了。老妖癞皮狗一样趴在地上。师父扶着洞壁站起来，像吹在大风里，又像踩在云朵上。攥攥拳提提劲，师父说：“老妖，黑雀，你们俩想不想吃好吃的？”

老妖费力睁了睁眼皮，破门帘似的哗啦又合上了。

黑雀说：“想。”

师父喊他：“黑雀，睁眼看看。”

黑雀猪拱门帘似的，掀了三次眼皮才撩起来。

“哪儿来的饼呀，师父？”

师父手里攥着一块饼子，手在打战。他说：“走江湖的都得留一手，这块饼子在箱子里快两年，硬成铁饼了，嚼不好都要崩牙，不过只要嚼碎了，就能生出力气来。”

这饼子黑不拉叽的，像块牛屎饼。

“这块饼子，师父吃一半，你跟老妖吃一半。不是

师父嘴馋，我吃了这饼子，长些力气好去蹚雪找吃的，再没吃的真熬不过去了。剩下这半块饼子，本来想让你跟老妖均匀分，可这饼子是老妖挣来的，就不能均分了。你吃的小些，老妖吃的大些。老妖老了，牙都掉两颗了，它嚼不动这么硬的饼子，你把饼子放锅里煮上吧，煮上三碗水，熬成粥了，你一碗，老妖两碗。师父这半块不煮，干饼子比粥长力气。五尺深的雪，蹚出去了，都能活着。蹚不出去，师父也回不来了，你跟老妖看天命吧。要侥幸活下去，师父求你个事，你好好待老妖，替师父把它养到死。”

“师父，我去蹚雪吧。”黑雀挣扎着要坐起来。

“你才吃几年咸盐，关里平原上的雪跟关东这雪咋比？这么大的雪别说蹚出去，你连见都没见过，走不了几步你就让雪给吃了。”师父顿了顿又说，“饼你不要马上煮，再熬一熬，熬过两三个时辰再煮。”

师父用小刀子在饼子上划几下，用力掰，饼子齐刷分成两半，他给了黑雀一半，自己咬一半。咬几口，舔一舔盐粒，喝几口水。半块饼子吃完，盐粒舔去一半，师父把衣襟上的碎渣也用唾沫沾进嘴里，剩下半粒盐给了黑雀，站起来就往外走，到了洞口又站住了，转身说：“黑雀，你给我喊师父，还没给我磕过头呢。”

黑雀黑咕隆咚地给师父磕了三个头。

“磕一个就够了，你个傻孩子，也不知省着点力气。”

师父走后，黑雀靠着洞壁坐着，把饼子放在鼻子底下闻味儿。没有饼子，熬几个时辰都行，有饼子在，一个时辰也难。饿死多天的馋虫一条一条地活了过来，一股脑儿往上爬。

老妖还在睡着。黑雀想他那份就不煮了，师父不说干嚼长力气吗？为了安心吃饼子，他给自己找了理由：不吃饼子，咋有力气给老妖煮粥嘛。

小刀子在石缝里插着，黑雀拔下来，在饼子上比量，先划了条细道道，划完看着没掰，在心里算账，觉得分得差不多大。又重新划一刀，再看，老妖那块似乎又太大了些。就再划，划完还算满意，学着师父用力掰。他手臂酸软，掰几下滑脱了，捡起来再掰还是不行，额角也见了汗。黑雀就先在自己那半上咬下一点碎渣，先用口水洇，洇软了再咬。等长了一点力气，把饼子顶住膝盖头就掰开了。膝盖头上掉了碎渣，黑雀把头慢慢低下去，把碎渣渣舔进嘴里。再捧起自己那疙瘩，咬几口，舔一下盐粒，再喝一口水。

老妖还闭着眼，也不知睡没睡着。喊了声，没反应，黑雀去捏老妖鼻子，老妖动了动，但眼没睁。他转眼看老妖的饼子，有吃掉的三块大。黑雀咽了咽口水，咕咚一声，把自己吓了一跳。

说不吃的，可黑雀的手还是不自觉地伸了过去，把饼子抓在手上掂量。他的心咚咚跳，擂鼓一般响，一通鼓，两通鼓，敲到第三通，还是放下了。但终归不死心，又抓过饼子，捏住一角，不看饼子，只看洞口，手上却在用力，掰下一牙来，拍进了嘴里，立马合上嘴巴，没事人似的看着洞口。第四通鼓敲开了。他把饼子悄悄放下，嘴巴却不敢嚼，用口水慢慢洇。口水多起来，嘴里便煮了稀饭，极轻地咀嚼，看上去却只是在嚼口水。他双手捂着嘴巴，装作掩口打哈欠，咽下去，舌头像把大扫帚，在嘴巴里扫来扫去。低头见衣襟上掉着几粒碎渣，太小了，抓不起来，学师父，食指在舌头上蘸口水，碎渣粘到指肚上，再刮进嘴里。

黑雀假装看别处，不看饼子，却骂饼子在诱惑他。馋虫也不安分，爬得肚皮痒痒。眼转了一圈，还是落在了饼子上，刚才掰得急，只掰下很小一块，还没拇指肚大呢。

“这块饼子可比我吃下去的大多了。”黑雀嘟囔出了声。

这下他心安理得了，不再做贼似的，而是大摇大摆地用刀子切。切开了，把大的留给老妖，不急不慌地捡散落的碎渣。分明是一块饼子，吃这疙瘩，竟比刚吃下去的要好吃得多。

吃完了还想吃。

这个想法是难以抵挡的。

黑雀想，老妖这么老了，饭量肯定不会大，看它病的这个样子，它哪里吃得下这么多。黑雀又在饼子上划了条道道。师父说得对，吃下去真长力气。这下轻轻一掰，就掰下来了。

黑雀撩开衣裳，边吃边拍着肚皮骂馋虫，接着又骂饼子，一个馋，一个香。他吃着饼子，指着肚皮说：“你俩是一伙儿的，合起伙来欺负我，我一点办法都没了。”说得怪委屈的。他把选择权交给了天意，在箱子里摸出一枚铜钱，正面是“宣统通宝”，右手拇指弹起来，接住盖上，对自己说：“正面在上就吃，在下就不吃了。”撤去右手，看掌心，看了三遍都是背面。黑雀蔫头耷脑，有些丧气，看来天意不允。捏着小铜钱，又不甘心放回去，还想问一回天意。照老法子弹起来，接住，盖上，气都喘不匀了。当看到“宣统通宝”四字时，他差点没跳起来。不过他没有马上吃，心鼓乱敲，再问一次天意吧。这一回揭手掌时，黑雀托着铜钱都不敢看，好半天才把眼睁开一条缝儿。

“宣——统——通——宝！”

黑雀大喊。

就这样，黑雀以各种理由掰着那疙瘩饼子，掰到最后，只剩下了两个拇指那么大个一块，正想再吃一口，猛见老妖在看他，吓得把饼子丢出去老远。饼子打在洞壁上，似有金属的回音。

老妖晃荡着走过去，捡回来还给了黑雀。黑雀心慌意乱，没再耽搁，把饼子丢进锅里，加柴烧火。水多面少，锅底煮不成糊，清汤清水的。一个劲地烧火，棍子在锅子里搅。直煮到天擦黑，锅底才有了个米糊的样子，盛出来也才有稀稀的小半碗。

看老妖喝下去，黑雀才心安些。这才想起来，忙了半天忘了撒尿，小肚子生疼，腿根儿都在发酸，再不尿出去就要尿裤子了。

黑雀小跑着到了洞口，天光微亮，雪地一片白。洞口飘进来一层薄雪，他忽然想在雪上尿个字。尿个啥字好呢？饿，就尿个“饿”字吧。

他一只手揪着裤带子，一只手在空气中比画，发现这个饿字很难写，一时还拿不准。那就换个字写，他脑子飞快地转，下面尿要撒出来了。不写“饿”就写个“饭”字，饭比饿强。

黑雀又在空气中比画写这个“饭”字，这个字也难写。尿不等人呀，尿珠冒出一两个了。他一边解裤子一边想，写个啥呢，写个啥呢，不写个字一泡尿白瞎了。可越是急越想不出，裤带子还打了死结，赶紧弯腰夹胯解带子。好歹死结解开了，黑雀也想好了：尿个“米”字。“米”字多好写呀。但尿实在憋不住了，哗一下滋出去，淋淋漓漓在雪地里乱浇，“米”字也没尿成。

看着乱糟糟的尿印子，黑雀觉得万般委屈，就自己跟自己怄气。裤子也不提，在冷风里冻着。冻了一会儿，眼忽然亮了，他飞快地提上裤子，嘻嘻笑起来。在乱糟糟的尿印子里，他发现自己尿出了一根麦穗。

三

师父回来是第二天的下午。

黑雀连眼皮都撩不动了，眼前金星都不再闪。半块饼子没撑多大一会儿，不吃还好，连着饿也就饿了，酸水冒出来，竟熬不起了。连火也没生，让狼掏去吃了算了。

“老妖，黑雀，快起来，有吃的了。”

老妖没反应，从早起就没动过了。师父先给了黑雀一个冻豆包，然后去喊老妖。老妖头微微抬了抬，黑雀心稍放下些。师父先把火生起来，摸出个豆包烤热了喂老妖。老妖嘴巴张了张，舔几下又合上了。师父犯了疑，问黑雀：“给老妖喝了几碗粥？”

“两碗。”

师父放下老妖，狠狠盯着黑雀看。

“几碗？”

“两碗。”

“几碗？”

“两碗。”

“几碗?”

“一碗。”

“几碗?”

“一碗。”

“几碗?”

“半碗。”

师父眼睛血红，咬着牙说：“饼子是老妖挣来的，有猴儿吃的份儿，没人吃的份儿，这是祖师爷立下的规矩。”

见师父真急了眼，黑雀怕了，本来心里也不安，两下合一呜呜哭了。师父抱起老妖，听听还有呼吸，看来只是饿昏了。去翻了半天箱子，也没找见啥能救老妖的。看见小刀子，在手背上扎了一下，掰开老妖嘴巴，血滴进老妖口中。老妖嘴巴嚅动，渐渐有了哼唧声。

黑雀一头撞死的心都有，这脸往哪儿搁呢?

师父找出马勃包，往手背上抖了些黄面面儿，捂一会儿，血很快止住了。

“我这儿养不下你，拿上俩豆包，你走吧。”

听师父撵他走，黑雀说：“师父，我不走，说好的不散伙。”

“规矩早给你说下了，你不走，我没法向祖师爷交代。”

黑雀声泪俱下：“师父，我实在是饿。”

“别喊我师父。”

“师父不要我，我能去哪儿呀？”

“脚板长在你腿上，爱上哪儿上哪儿去。”

“师父赶我走，我只有死路一条。”

师父突然吼起来：“再不走我踢死你。”

黑雀哭得更响：“师父踢死我，我也不走。”

师父盯着黑雀，牙咬得像炒豆子，扯住了黑雀拖死狗一样拖到了洞外。黑雀想爬回去，师父说：“你爬几回我拖你几回。”

黑雀不往回爬了，师父铁了心要赶他走。

但黑雀不走，打死也不走，走就真的死了。他也不拿豆包，就在洞口守着。师父出来进去端雪化水，把他当块石头。

黑雀不是石头，他很快闻到了米香，耸起了鼻子。米香味有了，肚子里馋虫又闹腾开，跟锅烧开了似的，咕嘟咕嘟冒泡泡。恰巧师父出来，他不想让师父听见肚

子在叫，双手捂肚子往下摁，可就是摁不住，还是咕咕叫，这回不像是烧开了锅，像憋了蛋四处寻窝又寻不见的母鸡在咕咕叫。黑雀索性扯了把软草，把鼻孔塞住，闻不见米香，肚子或许能安生点。

天黑下来了，升起一个大月亮。

四野一片静，鸟雀声也没有。

锅碗瓢盆叮当响，黑雀怀疑师父是有意的。师父不时跟老妖说几句话，老妖呜呜叫，像哭，又像在笑。黑雀忽然涌上来了委屈，想走。等了会儿动静儿，师父还没来喊他，他就故意弄得很响，师父还是没有喊他的意思。他开始折腾，用小石头敲洞口，梆梆梆地敲。先敲后唱，叽叽咕咕念经似的。师父还是没有发声，锅子磕碰的动静似乎大了。

黑雀泄气了，把气撒在小石头上，找块大石头砸小石头。砸了几下又不砸了，忽然想，这么砸会耗费气力。一大把委屈水漫堤坝似的涌了上来，倒像是老妖偷吃了他的饼子。他一赌气拔掉鼻孔里的草，走进了雪地里。

进了雪地才知雪有多深，走一步都难，还怎么下山呢？他带着破罐子破摔的架势，来了个驴打滚，蹿起来，就势在雪地上滚，滚到了一处断崖边，咕咚一声摔了下去。

断崖下的雪更深，黑雀犹如误入笼中的野鸟，拼了命瞎撞一气，头顶上终于露出了个雪窟窿。他窝在雪坑里，没力气动了。随着热气迅速地流光，委屈却一波一波涌上来。又能怪谁呢？眼窝还热着，却只有等死了。黑雀抬头看了看天，天上有个又圆又大的月亮。

跟在大河边看过的月亮一样。

好大。

好白。

四

一样的白月光，黑雀想起了黑鸦。

黑鸦是一条狗。

打小在街头流浪，他常鼻青脸肿地走在街上，在一群乞丐后面走，抢一点残渣吃，小仆人似的被乞丐们呼来唤去的。

后来，黑雀在大河边捡到了一只狗。他不知河的名

字，就叫大河。狗让人打断了一条腿，毛也让火燎过。他给狗腿绑上一根树棍，藏在了蒿草里，这狗腿竟奇迹般地好了。不过瘸还是瘸了，走路一跳一跳的。他给狗起了名，叫黑鸦。黑鸦不黑，是条灰狗，带着白色斑点。把狗喊黑鸦，听起来像黑雀一家子。

黑雀脱离了乞丐大帮，跟黑鸦结伴而行。到了晚上，会多找些草铺在地上，黑鸦趴在草上睡，黑雀枕着黑鸦。燎去的毛长出来，黑鸦暖烘烘的。黑雀讨到了吃的，会省出一点来给黑鸦吃。黑鸦叼来了吃的，也会分给黑雀。谁都找不到吃的，饿着坐在大河边看月亮，听肚子唱歌。看累了睡在大河边，饿醒了，接着看月光。

乞丐们知道小花子有了一条灰狗，来说："小子，把狗打了吃一顿狗肉吧。"

"不行，你们不能打狗。"

"这是条流浪狗，上次让它溜掉了，这回一定要结果了狗命。"

"它跟了我就是我的，它叫黑鸦，我叫黑雀，它是我弟弟。"

乞丐们嘻嘻哈哈笑。

"你们不要笑了，笑会费力气的，你们还没有讨到吃的，趁早去讨吃的。”

乞丐们收住笑，互相看看，对黑雀充满了嫌弃。黑雀趁乞丐们没留神，喊上黑鸦逃走了。

有一天，黑雀讨到了一点米。这是西关米店的陈掌柜发善心，打扫米囤子，把夹缝里的米扫出来给了黑雀。黑雀乐呵呵抱着米袋子，要找个僻静的地方煮一锅饭，他跟黑鸦肚皮都饿塌了。

迎面走来了四五个乞丐，头头儿叫麻三，自称丐帮舵主。乞丐们也多喊他麻舵主。麻三他们手上空空的，还没有讨到一粒米，当街拦住了黑雀，要分些米。黑雀藏起了米袋子。

“你别藏了，米店陈掌柜说了，他给了你米。”

没法藏下去了，他把米袋子抱在胸前。麻三笑嘻嘻走过来。米本来没多少，分出去一些，就不够煮饭了。麻三说：“不给米也行，一起煮一锅粥喝。”

煮一锅粥黑雀一勺也喝不到。他说：“这些米还不够我吃的呢。”

麻三说：“小黑雀儿，你总不能让我们老天拔地的，在你个孩伢子面前白端一回碗吧？过去可没少给你吃的。”

黑雀确乎也受过麻三一两回好处，可黑雀看着四五只碗，有些心疼。不过他还是解开了米袋子，抓了一小把米，在每只碗里都撒了几粒米，在麻三碗里撒得多些。麻三看着碗底的米，还赖着不走。

“不能再给你们了，原来能煮一碗饭，现在只能煮一碗粥了。”

麻三瞪了眼，来抢米袋子。黑雀护在胸前，乞丐们就拥上来。黑雀趴在地上，把米袋子压在身下。乞丐们拳脚相加，黑雀任他们又踢又打，米袋子就是不松手。

乞丐们踢打黑雀时，黑鸦从背后扑了上来。乞丐们本来衣裳就烂，黑鸦一撕咬，破布衫撕成布条了。露腰的露腰，露腚的露腚，一个乞丐屁股让黑鸦撕出了口子，血淅淅沥沥淌下来。

乞丐们大怒，来抓黑鸦。黑鸦没有独自逃走，舍了命护黑雀，乞丐们七手八脚捉住了黑鸦。他们对黑雀还算手下留情，对黑鸦可就下了死手。黑雀喊乞丐们不要打黑鸦，他把米都给他们。乞丐们并没有住手，麻三咋呼着：“打死它，打死它，狗肉可比米饭香多了。”

麻三死死摁住黑鸦。一个乞丐找来石头，黑雀挣扎着来撕那乞丐，另一个乞丐一脚将黑雀踏在地上。黑雀

再也动弹不得，腰仿佛是断了。乞丐们当着黑雀的面，乱石打死了黑鸦。米袋子也到了麻三手上，他嘻嘻笑说：“狗肉是我的，米也是我的。”

乞丐们最可恶的是扭过黑雀的脸，要他看着他们砸黑鸦的头。麻三蹲在黑雀面前，龇牙笑说：“你个小生瓜蛋子，敢跟本舵主对着干？早让我们把狗打死，你何苦受这份罪，你要是乖乖地让我们打狗，还能分你一碗狗肉吃。”

黑雀侧脸看麻三，麻三狰狞无比。

乞丐们扯着黑鸦的后腿，拖走了黑鸦。

黑雀趴在地上，只剩下筋骨疼痛。乞丐们打死了他的“弟弟”。他过了好久才站起来，脸上糊着泥土和血渍。他孤魂野鬼般地走，起初借着月光，还能看见地上黑夜一般的血迹，后来血迹消失了。他没有找见乞丐们，不知黑鸦被拖去了哪里。

月光极亮，黑雀独自坐在大河边，泪流满面地数着天上的星星。

月光还是那么亮，大河还在，可他再也找不见“弟弟”了，乞丐们打死了黑鸦。

接下来几天里，黑雀抓着石块，扬言要找麻三给弟弟报仇。见到的人都笑他，你弟弟是谁呀，你是个孤儿你哪里有弟弟？黑雀说我弟弟叫黑鸦，每天跟在我身后一起跑。他们笑得更响，说那是一只狗呀，你怎么会说狗是你弟弟呢？他们相互看着说，这小子说狗是他弟弟。笑声把阳光都冲散了，黑雀不理他们，见到人依旧问麻三。他们说你还敢大摇大摆地找麻三，你不要惹恼了麻三，麻舵主翻脸不认人的。黑雀不说了，还是到处问麻三。可找了七八天，也没有找到。

后来黑雀在县城遇上了洪庆戏班，当了半年小打杂的。半年后戏班子散了，黑雀像条野狗似的，糊里糊涂地游荡到了鸡皮岭，死皮赖脸地住在了五道庙上，当了个小道士。庙上当家的撵他走，他也不走，把当家的清虚道长喊师父。

不过他只住了一年，庙上也难以为继。有一天，清虚道长关了庙门说要云游去了。黑雀从五道庙下了山，又做回了小花子。在庙上这一年，黑雀有了意外收获，他跟着师父学了不少字。清虚道长做过私塾先生，还会写诗，写一手好字，半路出家做的道士。

这年冬天极寒，这在平原是少见的。黑雀手脚生了冻疮，流脓淌水。在这个冬天里，黑雀意外遇上了麻

三。别看麻三是要饭花子，他还是个酒鬼。那个晚上黑雀又在游荡，想找个暖和点的地方过夜。

打从庙上下来，黑雀厌恶了跟乞丐扎堆儿，一个人做起了孤雀。他走在郊外的路上，被躺着的人绊了一跤。流浪这么多年，路倒儿见得多了，他自己也当过路倒儿。试了试鼻息，还有气在，不过这人几乎醉死了。睡在这样冷夜的路上，一夜过去准会冻死。喊醒他，或者拖到背风地方都行。月光不怎么好，几乎脸对脸看了，才发现这人眼熟。

是麻三。

火气陡升。

——踏破铁鞋无觅处。

——仇人相见，分外眼红。

这些江湖俗语瞬间蹦了出来。

四周寂静无人，砸死麻三，没人会知道。黑雀热血沸腾，四处找石头。要用石块了，找一块称手的还真不易。他下到水沟里，搬来一块大的，骑站在麻三头顶，手一松，石头落在麻三头上，仇也就没了。可他的手忽然打起颤来，石头像条活鱼，在手上要滑脱掉了。

在石头滑脱的一刻，黑雀把肚子往前拱了一下，石

头砸在了地上，而麻三还是死人一样。黑雀坐在石头上哭了，又想起了“弟弟”黑鸦，想起他们一起在大河边看月亮，一起流浪找吃的。

哭了一阵心不那么堵了，黑雀站起来往前走，在心里说，从今往后和麻三的仇没了。他找到了一个大麦秸垛钻进去，身子暖乎起来。脑子里黑鸦又来了，是乞丐们用乱石砸着黑鸦的头。

黑雀想睡着，但闭眼就是麻三。不是麻三打狗，是麻三死了，像一坨硬冰横在地上。冻死也不怪我，我又没砸他。可还是睡不着。黑雀走出了麦秸垛，走回去。他背不动麻三，拖着走了半里，就像麻三拖走黑鸦一样。最后他把人塞进了麦秸垛，又在外面捂了几捆麦秸。

黑雀不想在麦秸垛里睡了，他走了。

他再也没找到比麦秸垛更好的窝。

后来呢，有点记不起来了……黑雀肉冻僵了……过了年的秋天，饥荒在平原上蔓延，黑雀讨不到吃的，尾随着一伙人下关东来了……黑雀骨头冻硬了。

月亮还是那么白。

五

醒来时，黑雀躺在洞里，离洞门有半丈远，师父正用雪给他擦身子。见黑雀睁眼了，给他盖上衣服，往洞里去了。

热气混着烟从洞里往外扑，还有煮熟的米香。黑雀鼻子耸来耸去。忽听师父说："觉着身下凉了，往里挪挪。"

这才想起来，光身咋不知道凉呢？

黑雀仗着胆问："师父，我咋不知道凉呢？"

师父还在气头上，说："都冻透了，还能知道凉？等知道凉了，你就活过来了。"

黑雀吓得缩了缩脖子，犯了寻思："没觉着凉呀，还没活过来？"整个人心思集中到后背上，还没觉出凉来，就在地上蹭，似乎还是不疼。要是活不过来，还不如在雪坑里冻死了好。

渐渐有了凉意，黑雀有了劫后余生般的喜悦，喊："师父，身下凉了。"

“不会自个儿往里挪挪，没长脚？”师父没太有好气，故意砸锅砸碗的，丁零咣啷响。

黑雀没忘了贫嘴：“师父你轻点砸锅呀，砸漏了拿啥家伙煮饭呀？你要是不出气来砸我的头吧，我的头可比锅结实多了。”黑雀说话很响，脚步却轻。“又不是摸瞎黑儿做贼，还轻手轻脚的？”师父火气还在。

有了师父这句话，黑雀才敢放开手脚走，也故意把地踩得很响。离火堆七八尺远的地上，铺着一些黄茅草。躺上去，草不凉，还有些暖。这草烤过了。

“多大了还光腚？”师父说这句话语气缓和多了。

师父一语点破，黑雀有些臊，赶忙爬起来穿好衣裳。师父再敲锅子，黑雀就不敢贫嘴了。过了一会儿，师父在草铺上放了一只碗，说：“趁热。”说完往洞的更深处去了。

一碗粥。这是最大的碗，蓝边碎花，碗边有个豁儿，碗底印着：景德镇制。

“师父，我没脸喝这碗粥呀。”

师父在暗处没吭气，翻了个身，一阵草响。

忽然看见了老妖的眼睛，两点微光把黑雀灼伤了。黑雀躲开了老妖，不敢再看，端着粥碗却喝不下去。

“你要不想散伙，就把粥喝了。”

这句话像一波洪流，把堤坝冲垮了。黑雀哇一声，哭得呼天抢地的。师父坐起来，说：“喝吧，师父不怪你了，还不都是饿闹的，千里下关东，过了这道沟，还要过那道坎儿，脚底板大钱儿厚的茧子磨了一层又一层，为点啥？还不是为了找一口吃食儿。”

黑雀把粥分成两碗，一碗端给了老妖，敬神一样，恭恭敬敬摆在了老妖面前。

“师父我记住了，有一口吃的老妖吃，有两口吃的老妖先吃。”

“黑雀，雪再大，咱谁也不能丢下谁，你把头磕在地上喊了我师父，我们就是亲人了。师父下山蹚雪，想的就是这个，要没这个念头儿撑着，回不来。”

黑雀吞咽着泪水，说：“师父，我有亲人了……”

师父看着黑雀吃粥，说：“黑雀，师父成天走，不光为了讨口吃的，还为找一个人。四十年前山东老家遭了灾，爹娘都死了，只剩我和妹妹。那年我十七，带着妹妹搭船走水路下关东。海上风浪都挺过来了，到了关东，在昌图双庙子把妹妹弄丢了。打妹妹失踪，我开始找她。后来遇到了一个师父，跟他学了耍猴儿，耍猴儿辛苦，可耍猴儿能聚拢人。走到一处，撂地儿，打场子，人多。这么多年别人耍猴儿只走大镇店，我跟别人不同，除了走大镇店，也走村串屯，多小的沟沟岔岔都钻，为了找妹妹。”

黑雀端着空碗，看着师父嘴唇在翕动，师父的表情却出乎意料地平静。师父说着这个在心里沤了四十年的往事，像在说着别人的事，这事里的人与他无干。黑雀想问师父走得苦不苦，嘴巴却像粘住了。师父的脸如常平静，皱纹里藏着幽深安详。

“你有了师父是有了亲人，师父有了你也是有了亲人。黑雀，睡下吧，雪化一些，还要下山去白马石呢。”

第三章

白马石

白马石地名考：

镇西南有座山，曾叫落雁山，传说雁群南迁北归，途中会在此山上停歇。

山下有河，绕山而流。

薛仁贵第三次东征高句丽凯旋，过落雁山，勒马歇脚，晒袍洗戟，饮马射雁。歇马已毕，脚踏一块白石上马，扬鞭催马，班师行军。上马踩过的白石，踏出了半寸深靴底坑，坑心七道裂纹。

有四句诗记述此事，也赞薛仁贵力大勇武：

白袍薛仁贵，东征班师回。

勒马洗银戟，靴踏碎白石。

从此，白石叫了上马石，河叫了饮马河，而山改叫了白马石山，落雁山倒是少有人知了。

第二章 白马石

一

白马石首户是老冯家。

冯老夫人有个嗜好，爱看耍猴儿。府上请的落子、皮影她能在锣鼓声响里看睡着了，唯独看敲锣耍猴儿，鼻涕眼泪儿能乐出来。冯家是大户人家，猴戏毕竟不登大雅，只有办寿宴了，才会破例请进府来，在后院单给老夫人耍。

有十年了，高师父会掐着日子，在老夫人寿宴前一天，赶到冯家来。冯家出手阔气，耍一场给两块银元加一套衣裳。一套衣裳高师父穿五年，省下的到当铺换钱。这些赏钱，够吃上半年窝头的。

师父领着黑雀，赶在门上挑灯前赶到了冯家。他们没走前门，来到后角门。正好二管家冯福在，见他们来了，冯福说："老夫人惦记着呢，唠叨有小半个月了。"

师父忙说："香炉山上差点让雪给埋了，这不紧赶慢赶，鞋底子都磨掉了，就怕误了老夫人的好日子。"

冯福见多了个黑孩子，说："一年不见，师父开门

收徒了？”

师父说：“下关东来的，半路要了单帮，狗皮膏药粘上就撕不下去了，没法子呀。”

冯福没再深问，笑着往里让。

还住在后院两间角屋，原来做仓房用的。

转过天明，师徒俩洗了脸，女佣捧来两套衣裳。两人换了新衣，把旧衣裳团成个团，塞进木箱子里。跟着女佣到耳房吃饭，有白面馒头，馒头上画着“寿”字。

女佣走了，黑雀说：“师父，没想到大户人家下人都吃这么好。”

“没见馒头上画着寿字？今儿个办寿宴，借了老夫人的光了。”

黑雀嘻嘻笑：“要是天天办寿宴就好了。”

“天天办寿宴？别说冯家，沈万三也要吃穷了。”

在耳房里等了一上午，没人来喊他们。黑雀不耐烦，说：“师父，别是把咱猴戏团给忘了吧？光给口饭吃，撂着就不管了。”

师父眯着眼养神，说：“没听见梆子锣鼓？冯老爷爱看落子戏，冯老爷看完了，才能轮到咱们给老夫人耍。”师父睁开眼，又捂着嘴巴小声说：“冯家上下只

有老夫人好这口儿，咱得想法儿把老夫人哄乐和了。”

刚吃完午饭，冯福来喊他们。

内宅是女眷住的。老夫人坐在檐下晒阳儿，有丫鬟伺候着。小少爷也在，一身红，连帽子都是红的。

师父给老夫人拜过寿，又寒暄几句，冯福示意开耍。师父要黑雀开锣，黑雀却先把木牌挂到一棵矮树上。

三声锣响，黑雀高喊：“高家猴戏团开场喽。”

给冯家耍猴儿，不只要耍，还要演。老妖戴了面具，行话叫“啃脸”。一般走江湖的猴儿啃六块脸，老妖啃八块脸，多了紫面阎罗和蓝脸的窦尔敦。

一通猴戏耍下来，八块脸啃得天衣无缝，师父抱拳作揖，牵猴儿等着打赏了。

老夫人嘎嘎乐，指着黑雀问：“这是你的徒弟？”

师父忙回话：“叫黑雀，说不上徒弟，搭个伴儿。”

老夫人兴致来了，非要黑雀也露两手。师父胆虚了，黑雀没耍过猴儿。老夫人正在兴头上，要是说不会耍，怕银元拿不到手。

正为难着，黑雀向前走两步，作揖说：“耍猴儿我还没跟师父学，我学学猴儿给老夫人祝寿吧。”

黑雀学猴儿极像，闹了个满堂彩儿。老夫人乐了，

丫鬟们掩嘴笑。小少爷笑得直打嗝，最后黑雀来了个“金猴献寿”，从托盘里捧过一只寿桃献给老夫人。

老夫人指着黑雀说：“一只小活猴儿呀。”

小少爷嘎嘎乐，起风了，老夫人要大丫鬟青花领小少爷进屋去。小少爷身子骨弱，怕着了风寒。青花来拉小少爷，小少爷把青花的手打开了，指着黑雀说：“把他留下来。”

老夫人说：“宝儿，别闹，快回屋去暖着。”

又对青花说：“该给小少爷煎药了。”

小少爷突然在地上撒了泼，说：“黑雀不留下来，我不吃药！”

怎样劝也不行，小少爷拧上了，也不知他为啥要黑雀留下来。嚷着嚷着，小少爷突然口吐白沫，抽搐不止。老夫人吓坏了，冯福赶紧把小少爷抱到屋里。

老夫人说：“青花，喊谷郎中。”

不多时，一个青衣小帽的郎中提着药箱，火急火燎进了内宅。

师父嘬着牙花，走也不是，不走也不是。猴儿也耍了，也学了，赏钱还没拿到呢，只好牵着猴儿，在院里戳站着。过了半晌，冯福出来，师父问小少爷咋样了，

冯福擦汗说："救过来了，老病儿了，有日子没犯了。"

师父想提赏钱，冯福说："老夫人说了，你们爷俩留下来，陪小少爷几天吧。"

师父从心往外想走，但赏钱没到手，没法说走，说："好吧。"

冯福说："二位也算沾了小少爷的光了，要不是小少爷耍性子，再怎么家大业大，也不会平白无故养两个耍猴儿的。"

黑雀敲着木牌说："不是耍猴儿的，是猴戏团，高——家——猴——戏——团。"

冯福面上有些窘，师父敲了黑雀后脑勺一下，忙打圆场，说："这些年也没少沾二管家的光。"

二

小少爷打小病秧子，嘴唇、指甲、指尖青紫，还抽风。冯家就这么一个小少爷，老夫人当心肝一样护着，去庙上请了香，还烧了个替身。后脑勺上留了长岁毛，有尺把长，满了十二岁才能剪。小少爷使起性子来，府上没人敢拗着。

师父对黑雀说："先头儿是哄老夫人乐和，眼下是要把小少爷哄乐和了，万不能把小少爷当个野孩子耍。"

二管家给黑雀换上了新马褂。

人靠衣裳马靠鞍，黑雀还是个俊小子。

冯家学馆的先生姓褚，戴着黑边圆眼镜，下巴上一撮小胡子。头一天陪小少爷听书，黑雀屁股像扎了刺，晃得板凳吱扭吱扭响。褚先生捧着书，抡着戒尺要打，黑雀脚底抹油溜了，到门口回身说："先生，我还是去劈柴好了。"

黑雀去劈柴，小少爷念不好书，也要跟着去劈柴，褚先生还得把黑雀喊回来，任他扭屁股晃荡板凳。晃得褚先生直心焦，再读诗文时腔调就有些不正了。

听完书，小少爷说去耍猴儿吧。黑雀摇着手说不行，耍猴儿的都是野孩子。小少爷缠着说到后院去，没人看得见。黑雀说你奶奶要是知道了，非抽我鞭子不可。小少爷说有我在没人抽你鞭子。

小少爷只好去磨冯福，要他去跟老夫人说。老夫人说看一看行，来真的可不行，冯家小少爷耍猴儿，冯家的脸还往哪里放？

冯福跟小少爷来了后院，师父正遛猴儿，小少爷见了嘎嘎乐。后来小少爷来得勤了，冯福在不在，师父都给小少爷耍一耍。

有一回小少爷看来劲了，青花来喊他吃药，他不走，青花急得直抖搂手，咋求小少爷也不行，最后是黑雀劝着才走的。小少爷说："黑雀，你陪着我去吃药。"

熬药的是个年轻女佣，小少爷在气上，非说药凉了。女佣去热了，端回来又说烫嘴。女佣一脸无奈。黑雀尝了，说凉热正好呀。小少爷捧过去喝，也说凉热正好。

府上人暗地里说，能降住小少爷的，只有黑雀了。

喝过药，小少爷把黑雀领到一间西偏房，是冯家的药寮。三架炉子，三个女佣，三把扇子，火苗烧着，有大有小，药罐子噗噗冒气，药香缭绕。小少爷指着刚才那个年轻女佣说："王妈在给我煮饭呢。"

黑雀扑哧乐了，还真对，小少爷一天吃的药比饭都多。黑雀说："你不是刚吃过药饭吗？"

小少爷说："还要喝呢。"

三

学馆下学了，小少爷缠着黑雀讲瞎话儿。

黑雀说关里大平原，闹水灾旱灾兵灾瘟灾。小少爷说咋那么多灾呀。黑雀说不闹灾咋有那么多下关东的。小少爷说黑雀你说说平原呗。黑雀就说了，平原乌鸦多，像关东的麻雀，到了老秋，乌鸦阵在天上，像面大黑锅盖，把天罩住了。黑雀还说大兵打炮，大腿粗的炮弹从屁眼儿塞进炮管儿，嗵一声，大铁家伙震得蹦高高。小少爷说，炮弹塞屁眼儿？黑雀说是大炮的屁眼儿。小少爷笑，可他还是想不出乌鸦阵和大炮屁眼儿塞炮弹。

说这话时黑雀骑在墙头上，双手扶墙，做勒缰绳状，身子在墙上起伏，口中喊着“驾——驾——”小少爷说黑雀你把我也拉上去，黑雀正在兴头上，忘了师父嘱咐的，把小少爷拉上去，俩人一起骑马。

“黑雀你真行，墙头骑马。”

“这算什么，猪也能当马骑。”

小少爷也“驾——驾——”地喊着，黑雀突然想起

什么，忙做勒缰绳动作，喊声“吁”。

小少爷还在起伏喊叫。

黑雀捅了一下说：“喊‘吁’就是勒缰绳了。”

小少爷这才停下来。黑雀先跳下来，然后扶着小少爷也下来。

当晚，老夫人大发雷霆，狠狠训斥了冯福。小少爷胯内红肿，疼得嗷嗷叫。几次问小少爷，才说跟黑雀骑墙头马磨的。老夫人摔了一只碗，喊着把耍猴儿的赶走。

小少爷听说要赶黑雀走，一把将饭碗打碎，说：“我不吃饭了。”

老夫人没辙了，就怕小少爷使性子。收回赶走的话，但给冯福下了死令，看紧了小少爷，不准骑墙头马了。

冯福点头如鸡啄米。

四

冯福跟高师父投脾气，常带点下酒菜来后院喝几盅。冯福一来，黑雀遛猴儿，小少爷坐在软凳上看，有

一回，小少爷说：“黑雀，让我敲儿声锣吧？”

墙头马事件让黑雀长了记性。他甩了甩鞭子说：“老夫人知道了，得把我当锣敲了。”

黑雀走到哪儿，小少爷跟到哪儿。小少爷要脾气哄不好，下人来找黑雀。黑雀一去，小少爷就乐了。小少爷跟着黑雀在花园里转，黑雀背着手，小少爷手脚倒没地方放了。下人们见了，说：“黑雀好像个少爷。”

学耍猴儿这事小少爷不死心，隔三差五缠一回黑雀。黑雀想了个主意搪塞，说：“学猴儿要有门槛，门槛过不了学不成。”

小少爷见黑雀口松了，忙说：“啥门槛？”

黑雀拉着小少爷来到槐树下，指着一个疤瘌节子说：“你尿到疤瘌节子了，才能学猴儿。”

小少爷半信半疑，说：“看不出学猴儿跟尿尿有啥关系。”

黑雀一本正经地说：“三百六十行，行行有规矩，这就是学猴儿的规矩。”

小少爷信以为真，撩开褂子，解开裤子，站了一会儿说：“我没尿，喝饱了水才会有尿。”

黑雀说：“你喝水去，我等着你。”

小少爷去找丫鬟要水喝。丫鬟不知小少爷为啥喝水，给倒了半杯热茶。小少爷说：“换碗。”

丫鬟们换了碗，小少爷嚷着倒满。丫鬟们倒满，小少爷咕噜咕噜喝下，拍着桌子喊：“再来一碗。”

小少爷喝了两碗半热茶，晃着肚子来找黑雀。尿树是黑雀的歪主意，他尿过了，小少爷身子弱，指定尿不到。小少爷站在树前，解开裤子，打着水嗝说：“我尿了。”

小少爷拼命鼓肚子，脸憋紫了，尿线软软地浇在树皮上，离疤瘌节子还差着一拃远呢。黑雀哈哈笑，说：“小少爷尿裤子行，尿树不行。”

小少爷受了奚落，问黑雀：“别光说我，你能尿到吗？”

黑雀说：“我要能尿到呢？”

小少爷摸出一个银元，说：“你尿到给你一块钱。”

黑雀尿了，尿线硬硬地滋在树上，比疤瘌节子还高出一拃。黑雀提裤子收钱，拍了拍小少爷的裤裆说：“啥时尿到疤瘌节子了，这一块钱还还你。”

小少爷从此憋上了劲，有尿了不在前院茅房尿，夹着到后院来尿树。每次都铆足了劲鼓肚子，尿疤瘌节子。

五

小少爷来找黑雀，说大奶奶来了，他要去看大奶奶。黑雀说大奶奶有什么看的，小少爷说大奶奶要生了。黑雀一头雾水，也想看看冯家大奶奶。小少爷把黑雀带到西花园的角门，从这扇锈迹斑斑的铁门缝能看见主院。主院正屋里住着冯老爷，屋前长着一棵大毛栗子树。小少爷扒着门缝盯了一个上午，大奶奶才挺着大肚子走进来。小少爷眼湿了，脸几乎贴在门上。丫鬟婆子搀扶着大奶奶进了正屋。小少爷脸就没有离开过门缝，直到过了很久，大奶奶从正屋出来，女佣们簇拥着离去，他才罢休。晚上，黑雀睡不着，想小少爷，猛然记起来，冯家大奶奶，不就是小少爷的娘吗？

在这年夏天，冯家又添丁了，双棒儿，一对男婴。冯家大庆。黑雀头一回见到了冯老爷，冯老爷乐得眉眼里开花。不久，下人们嚼起了舌头，说老夫人不会惯着小少爷了。

小少爷还像往常那样走来走去，但黑雀还是发现了

细微的变化，比如下人们服侍小少爷，手脚明显慢了，动作也大了些。冯福看上去轻松了不少，小少爷摔倒，不会再吓得半死。黑雀反倒觉着是好事，没人管着小少爷才好，他俩又骑墙头马了。这回冯福只是说了一嘴，并没有极力反对。师父脑壳清醒，说：“小少爷还是小少爷，不是野孩子。”

有一天，小少爷突然要跟黑雀换衣穿。找了间空房，黑雀脱了细布马褂，小少爷说我要穿你进府穿的那套粗的。黑雀去找来旧的，给小少爷穿了。小少爷扭动着身子嚷嚷：“我穿上树皮了。”

小少爷往门框上蹭痒痒。黑雀让他脱下来，帮他穿绸衣。小少爷说你还没穿我的，黑雀就穿了，刚穿上黑雀也嚷嚷：“怎么滑溜溜的像米汤。”

小少爷脱下绸衣，换上了细布褂子，一天到头灰头土脸。青花在老夫人耳边偷偷说：“还是管管小少爷吧，快成野孩子了。”

老夫人心思在“双棒儿”身上，没听进去。又过了些日子，下人们舌头嚼得更响了，他们说：“咱这个小少爷就差学上树了，上了树就成猴儿了。”

这话经青花口传到老夫人耳朵里，老夫人上心了。

她传下话来，要小少爷脱下布褂子，换上原来的绸衣，戴上瓜皮小帽。小少爷死活不穿，女佣们便硬给穿戴上。小少爷又抽了，谷郎中进冯府脚步也慢了些，但好歹是舞弄着救了过来。

小少爷乖乖换回了绸衣。再来后院，小少爷话少了。黑雀看着他，觉得穿绸衣的小少爷有些滑稽。

这一天小少爷来了后院，喊黑雀。黑雀出来，见小少爷在槐树前站着。小少爷不说话，鼓肚子，尿线滋出去，把疤瘌节子尿湿了。小少爷还是不说话，提上裤子哭了。黑雀忽然也想哭。小少爷要走，黑雀喊住他，掏出那块银元来，拍在小少爷掌心："说好的，你尿到疤瘌节子，这一块钱还你。"

小少爷见银元让汗液沤得发乌了，把钱丢掉，哭着跑出了院子。黑雀把小少爷喊回后院，偷偷教他耍猴儿。小少爷常来后院，跟老妖也眼熟，老妖并不闹脾气。老妖是艺猴儿，光吃不耍要长膘。艺猴儿得耍，不能让它长膘。除了耍猴儿，黑雀还教小少爷学猴儿。

小少爷提出要加入猴戏团。

黑雀说，学学猴儿闹个乐子就行了，你还来真的了？小少爷还是磨黑雀，黑雀仗着胆找师父说了。

师父脸黑下来，说：“你在教小少爷学猴儿，以为我眼瞎看不见？”

黑雀低着头，说：“知道瞒不过师父。”

师父说：“小少爷不是过去的小少爷，他拿不住老夫人了，我们牵猴儿走人是迟早的事。”

黑雀自此也知了冯家这潭浑水的深浅，不再提小少爷入伙的事。小少爷问起来，只说师父不应，搪塞过去。

这天冯福来找师父喝酒，冯家主子都出门了，府上只剩了大管家冯安。冯安是冯福的堂兄。小少爷说今儿个可以放开手脚耍一耍了。黑雀头脑一热，背着师父牵出了猴儿。

这冯老爷本不姓冯，姓马，也是关里人，只身下关东逃荒过来的，落脚在白马石冯家染坊，之前在染坊干过，有一手绝活儿，会看“靛花”，在染坊上吃得开。这染坊掌柜祖上有功，汉人入旗，那塔拉氏，在盛京将军府当过职，后来犯了事，被出了旗，赶出盛京，落脚在白马石，恢复了汉姓冯。置田开铺，但旺财不旺丁。当年冯老爷是个俊后生，又有看靛花的绝活儿，掌柜的独生女儿看上他了。马后生入赘冯家，马前加了两点水随了冯家姓。后来承继了冯家，成了冯老爷。冯福冯安是冯老爷家侄，投奔过来也改姓了冯。屋前的毛栗子树，是冯老爷从沧州老家移栽过来的。冯府上下都知毛栗子树是冯老爷的宝贝，冯老爷常坐在树下喝茶。

冯福端着酒碗，舌头有些短，说："这下知道为啥我跟我哥，看着你们师徒亲了吧？师父是山东龙口来的，我老家是直隶河间府沧州，龙口跟沧州隔得可不远呀。"

师父端了酒碗，回敬冯福。正说着，冯福仄歪耳朵听，院里闹得欢实，拉门一看，冯福酒醒了，抖搂手说："这叫哪门子事呀，老夫人要是知道小少爷学耍猴儿，还不得把我轰出去呀？"

师父在酒劲上，拉着冯福说："当啥真，小少爷也是个孩子，不就是个玩嘛。"

他拉着冯福坐在屋檐下，喊着黑雀耍得再欢些。孩子都是人来疯，耍得满场飞。冯福也乐了，没想到小少爷这么溜。一棒锣响，人猴歇场，檐下拍起了巴掌。

冯安把冯福喊去，狠狠斥责了他。冯福自知理亏，低眉顺眼地听训，保证以后好好带小少爷。冯安是大管家，说一不二，下人都惧怕他三分，冯福让小少爷学猴

儿这事，没人敢在府上胡说。就这样，老夫人也蒙在了鼓里。不过，冯福很少带小少爷来后院了。

没过几天，小少爷缠黑雀去街上耍猴儿，他说老夫人去孤竹营了，几天都回不来。冯家有两处府第。白马石是冯家老院，住着冯老爷。孤竹营是新院，住着冯家的大爷。黑雀说这可不行，没有不透风的墙，何况是在街筒子上。小少爷还缠，黑雀想难为一下小少爷，说你要是能尿过疤瘌节子一拃，我就带你去街上耍猴儿。小少爷眼亮了，说，这是真的？黑雀说你尿过一拃我就带你出去。

小少爷站到槐树前，解开裤子，说："看好了黑雀，我可是迎风尿。"

一股尿线滋出去，硬硬地尿在树上，水花四溅，真尿过了一拃。黑雀傻眼了，再过一阵子，小少爷没准儿能尿过自己了。

黑雀想要赖，说："你不是猴戏团的人，不能带你耍，这是行规不能破。"

小少爷指着黑雀鼻子说："你要赖。"

黑雀说："不是要赖，你要让师父收下你，我就带你出去耍。"

小少爷知道没法让高师父答应他，只好央求黑雀：“黑雀，你是大师兄，早晚要接师父的班，你说让我入猴戏团也行。”

小少爷的话刺激了黑雀，他确是大师兄，可除了师父，没别人了，大师兄是个虚名，要是再添个人，他这个大师兄就属实了。黑雀头脑发热：“你先做记名徒弟，师父点头了才算数。”

小少爷亲热地喊了师兄，黑雀有些找不到北。师父在打盹儿，黑雀背上木箱木牌，牵上老妖，从后角门溜了出去。

黑雀牵猴儿背木牌子，小少爷背木箱，俩人上了正街，没敢在街心耍，往东走，在东街口找了空地，撂地儿打场子。黑雀先爬树挂牌，然后让小少爷开锣。街上人奔走相告，说：“冯家小少爷在东街口耍猴儿呢。”

人越围越多，满街筒子都是人了。黑雀从未这样得意。黑雀耍过一回，鞭子给了小少爷。小少爷刚遛一圈猴儿，人群骚动，分开一条缝，进来了大管家冯安，冯安身后是冯福、高师父，还有几个男仆。

事有凑巧，老夫人没去孤竹营，去乌朝屯拜庙归来。青花说：“夫人，小少爷当街耍猴儿呢，围了一街

筒子人，都看冯家笑话呢。”

冯老夫人火冒三丈，喊来冯安说：“去街上把那个孽子找回来，就是捆，也要捆回来。”

冯安喊上冯福和高师父。师父听了，心凉了半截，知道祸惹大了。

小少爷不回，冯安命男仆捆走了他。小少爷乱喊乱叫，一个男仆又捂住了小少爷嘴巴。

六

满街筒子的人散了，孤零零剩了师徒俩。师父没责怪黑雀，这一天早晚会到来。师父牵上猴儿先走，黑雀背上箱子，没忘了爬树摘下木牌。冯家是回不去了，他们朝镇外走，找到一个土地庙落脚。土地庙院杂草丛生，庙屋泥坯剥落，塑像身上落满了尘灰，还有疙疙瘩瘩白鸟屎。

两人一猴儿坐在庙门槛上，黑着脸看草，猴儿有些蔫，人也不说话。落日渐灰，风起萧瑟，师父说：“咱惹下的祸，不能就这么走了，小少爷不再是以前的小少爷，没人惯着他了。”

师父去了冯家探问，许久才回来。

黑雀跟老妖坐在门槛上，正等得心焦。天黑月暗，只有杂草声凄凄入耳。师父坐到门槛上，身上带着一路寒气，坐下来时黑雀夸张地战栗了一下。师父说：“小少爷撒泼，老夫人命人给打了，下人下手太重，小少爷又犯了抽风，没救过来。”

黑雀从头顶凉到脚心，没想到小少爷会死。胳膊腿难以抑制地抖动起来，身体似乎在结上一层冰。师父用了好大的劲，才掐住黑雀的手腕子。黑雀呜呜地哭，说：“是我害死了小少爷。”

师父摸着黑雀的脖颈，说：“也不能那么说，小少爷一直是冯家心病，病秧子，动不动就抽，冯家人心明镜儿似的，小少爷活不长。以前冯家只有这一根独苗，好歹活着是根支眼棍儿，等生下了双棒儿，小少爷就没那么紧要了。”顿了顿，师父接着又说：“小少爷死了，冯家的心病也除了。”

黑雀还是哭，师父没劝。哭透了，黑雀说：“小少爷会埋哪儿，我要去给他赔个不是。”

师父说：“小少爷不会有坟，他还没到十二岁，长岁毛还没剪，不能埋坟头，一口小棺材收殓了，抬到山坡上，等着狼叼狗啃。”

风大起来，草叶子乱刮，庙屋木格子窗咯吱咯吱响。黑雀还要哭，师父说：“黑雀，别哭了，咱去冯家。”

黑雀就抹了眼，看师父。师父掏出两块窝头，给了黑雀一个，说：“吃吧，二管家冯福偷着给我的。”

黑雀接过去吃。

师父吃着窝头说：“今儿个初六，‘七不埋八不葬’，半夜之前，冯家会把小少爷送出门，我们跟着冯家的下人就好了。”

七

月黑风高，师徒俩离开土地庙，行色匆匆。路过农户人家，敲开门，用钱换了一把板镐，赶到冯家后院角门，远远地看着。冯家如常平静，没有哭声，也没有要办丧事的迹象。临近半夜，后角门开了，几个男仆抬着一口小棺材往西走。师徒俩不远不近地跟着。

冯家人抬着小棺材，进了西山不久，便放在了半山上。待男仆下山回去，师徒俩才上山来。黑雀见了小棺材眼泪又来了，师父低低地斥责了黑雀：“这是哭的时候？狼鼻子尖着呢，闻着味儿就来了。”

师父把小少爷抱出来，找了块向阳的地儿，地冻得没那么实，俩人轮着刨土。冻土崩镐，“咚”一声“咚”一声，像捶一面漏气鼓。

师父看看土坑说：“能睡下小少爷了。”

要埋了，黑雀又哭，这么久，他其实把小少爷当弟弟了。

师父说：“哭几声行了，埋了咱该走了。”

黑雀想起什么，从箱子里翻出小刀子，把小少爷后脑勺上的长岁毛割了下来，包好塞进了小口袋。

“师父，小少爷想入猴戏团，你就收下吧。”黑雀说。

师父把小少爷放进土坑，摆放好了，说：“打今儿晚上起，小少爷也是猴戏团的人了。”

黑雀撕下一条衣襟，盖住了小少爷的眼，他说：“小少爷，师父收下你了，你是猴戏团的人了。”

师父捧土。

黑雀也捧土。

土盖住了小少爷的脸。

盖住了小少爷的脖子。

盖住了小少爷的胸口。

“小少爷，尿树那事我把你欺负了，我之前尿过疤瘌节子，知道你尿不到才跟你比的。”黑雀找出那块银元，放在了小少爷的手边。

土盖住了小少爷的手。

盖住了小少爷的大腿。

盖住了小少爷的脚。

土把小少爷盖住了。

师父找出一点东西，在坟头上点了堆草火烧了一点，又在坟包外围撒了个圈。黑雀闻到了呛鼻子的气味。黑雀问师父，师父说：“这是硫黄，常走山路要带着点硫黄，硫黄驱五毒，野牲口闻到硫黄味也会躲着走，小少爷在这儿能睡安生了。”

老妖老了，走不动山路，爬上师父的背。黑雀还是背木箱挎木牌。要走了，师父扯着嗓子喊：“老妖，高艺成，黑雀，冯宝，走了。”

说走就走了。

风过林梢，如婴儿的啼哭。

第四章 猪嘴滩

猪嘴滩地名考：

传说猪八戒被逐出天界，一脚踩空，掉到人间，头朝下，嘴先着地，拱出了个洼地，积水成泽，疯长芦苇，故此叫了猪嘴滩。

世界之大，无奇不有，从那么高的天庭摔下来，谁能保准不会脸先着地呢？猪八戒又不是孙悟空。

第四章 猪嘴滩

一

黑雀和师父走在一片苇海里，去寻找一伙苇刀客。

师父说这片大苇塘叫羊圈子苇场，有多大你知道吗？黑雀从未见过这么大一片苇塘。他说看不到边，小不了。师父说岂止看不到边，也走不到边，你就是赶着马车在塘子上走，走三天三夜，你还在塘子上。你要跟紧些，走丢了困在塘子上，不喂狼也得冻死。黑雀就加紧走跟着师父，左右手不停地拨着黄芦苇，芦苇刷拉刷拉刮着背上的箱子。

前面几步远是师父，老妖蹲在师父肩上，时不时回过头看黑雀。黑雀心有些慌，问："师父，这么黑灯瞎火地走，会不会走丢呀？"

"走不丢，从猪嘴滩往北走，过了晌午就到了。"

黑雀看看天，苇子老高，芦花穗子遮眼，看不见太阳。

"师父，你咋知道咱是在往北走？"

师父没言语，走了一阵站住，指着一捆站立的苇子说："看见这个就走不丢。"

黑雀看那捆苇子。苇子没割下来，还在塘上长着，苇穗子拢在一块，用几根苇子捆扎着。

"你看这苇绳子打结在哪儿，哪边就是北。"

"师父你真行。"

"这是苇刀客留下的记号，你记住了，在苇塘子里见着这样捆扎着的苇子，照着苇绳子结指向走，准能找到一处塘铺子。"

"啥是苇刀客？他们都会耍大刀吗？"

师父又走，黑雀还是寸步不敢落下。师父说："苇刀客不耍大刀，是耍苇刀割苇子。"

走出这片苇子，眼前空荡荡的，在宽阔的塘面上，有几排草房子，像几只黑鸟孤零零地落在打谷场上，烟正从鸟背上升起来。师父指着割净的苇塘说："屋前这片苇子让汤罗锅他们割掉了，他们正在往北割。"

往草房子那儿走，走得近些，房子里出来一个女孩子。师父喊："芦花！"女孩循声望。又走近些，女孩认出来，跑过来。割过的塘子上长着苇子茬，还有凌乱的苇子叶。师父喊："芦花你慢些，跑摔了苇子茬会扎手。"

芦花跑过来。黑雀见这个女孩，跟自己差不多大。芦花喊：“猴伯你咋来了？我爹前天还念叨你呢，去年你没来，我爹说你准是往长白山去了。”

“把头还好吧？”

“好着呢，割苇子去了。”

黑雀摸不着头脑，不知芦花为啥把师父喊猴伯。师父似乎也忘了他这个徒弟，跟芦花说起来没完，随手就把猴绳给了黑雀。黑雀成了个马童，背上背着，手上牵着，嘴上嘟囔着。

“猴伯你去年是不是去长白山了？”

“没去长白山，走的地儿离苇场远，就没来。”黑雀嘟囔一句，还长白山呢，香炉山上差点没饿死。师父又说：“芦花你在生火呀？”

“烧炕呢，我爹他们回来衣服溻透了，后背又是冰又是霜，一坨一坨的，衣服像袼褙一样硬。炕烧热了，进屋是暖和的，湿衣裳一宿能晾干。”

师父夸芦花细心。

芦花咯咯笑着往塘铺子里让。

一路踩着冰过来，棉靰鞡也冻透了，脚底快冻麻了。塘铺子地上有灶，灶里烧着火，师徒俩脱了靰鞡在火前暖脚，脚热了烤靰鞡草。一路靰鞡草让汗溻湿了。烤了一会儿火，师父打开箱子，翻出一个白瓷瓶，给了芦花，说："这个是胭脂膏瓶，胭脂膏子没了，是冯家少奶奶用过的，还是托二管家要来的。"

黑雀心想师父啥时候藏的一个胭脂膏瓶子呢，他一点都不知道。白瓷瓶口上拧着一个墨绿色的盖子。师父说："芦花你拧开盖子闻闻，还有香味呢。"

芦花不会拧，拧不动。

"拧反了。"

芦花反过来拧，也没拧开。

"来，猴伯给你拧。"

"不用了猴伯。这烟熏火燎的哪闻得出来香味呀？"

师父没再说替芦花拧盖子，他说："等猴伯下次去奉天给你买瓶胭脂膏来，芦花抹脸上准好看。"

"洋人这玩意咱擦不起。"

"这不是洋人的玩意，二管家说这是上海产的。"

芦花不知上海在哪儿，说："猴伯你先烤着火，我去给后趟房子添些柴火。"

芦花揣着瓷瓶子走了。

烤了一会儿火，黑雀塞了靰鞡草，也出了屋子。师父说："屁股扎刺了是咋的，咋坐不住呢？"

黑雀出了塘铺子，绕过房山子往后走，后面还有两趟草房子，都是塘铺子。房子都是干打垒的土坯房，屋顶压着芦苇草。雨沤过的芦苇失去了金黄，一色的青黑。走到第二趟房门口，门是木框子，门板是芦苇编的。门露着一条缝，黑雀仄歪着头往门缝里看，一眼看见了芦花。她没在烧火，拿着白瓷瓶子，瓶盖子拧开了，正扣在鼻孔上闻，后来用食指肚在空瓶子里扫，然后在脸上抹。瓷瓶子里啥都没有。抹了又抹，芦花拧上了盖子。墙上有个土窝子，芦花把瓶子放进土窝子，灶坑门有半块土坯，芦花用土坯把土窝子挡了。

黑雀慌忙走开了，来不及回屋子，靠着房山墙晒夕阳。

芦花走过来时，黑雀故意把眼眯起来。芦花没有走过去，她站到黑雀眼前，问黑雀："是不是扒门缝看到了？"

"扒门缝？我在看太阳。"

黑雀把巴掌又遮在脑门上，芦花扯下黑雀手掌，说："你脸都红了，还说没扒门缝？"

"我脸红了吗？红也是太阳晒的，不信你问太阳。

你晒一阵脸比我还红呢。”

“我心不亏，晒多久脸都不会红。”

黑雀赖皮，他说：“你晒你晒，你晒过了脸不红再说这话。”

“晒就晒。”

芦花刚闭了眼晒，黑雀趁机溜回屋了。

黑雀前脚刚进屋，芦花跟了进来。

黑雀怕芦花提这茬儿，没话找话跟师父说这片苇塘子真大呀。师父看黑雀说这话没头没脑的，说不是跟你说过了吗，赶马车走三天三夜，还在塘子上。黑雀说我忘记了。师父说黑雀你去帮着芦花生火，汤把头天擦黑该往回走了。芦花扑哧乐了，她说你这名字叫得好，还真像个黑雀儿。黑雀说师父我去遛猴儿。师父说今儿个猴儿不用遛，你帮着芦花生火去。黑雀噘嘴努腮地跟着芦花出了门。

空塘上砌着几口泥灶。芦花给了黑雀一把耙子，要他去塘上搂芦苇叶子。几口灶像吃柴火，芦苇叶子又不耐烧。一把耙子供不上，芦花站在灶前大声喊要柴烧，黑雀就差把耙子抡起来了。灶近处塘面上苇子叶搂光了，黑雀还要把芦苇叶子抱回来。后来摔了耙子，坐在

苇塘上不干了。芦花哈哈笑，走到一垛苇子前，翻开苇捆子，里面是干柴棒子，剁成了段，码放在塘上。

黑雀气不打一处来，知道芦花记着扒门缝的仇。就有了个歪主意，去了后面的房子，揣走了芦花藏起来的胭脂瓶。

二

天黑下了，塘面上走回一伙人，走在前面的提着一盏灯。几十号人没人说话，鞋在冰面上踢踏着芦苇叶子，像打谷场上几把叉子在翻草。芦花拢着嘴巴喊："爹呀爹，猴伯来了，等你呢。"

"猴先生来了，稀客稀客呀。"只听人声，分不清谁喊的。

喊过，那队人走得快了。到了近前才看清，有四五十号人，每人手上一把镰刀。头前儿的是个罗锅。别人镰刀攥着，甩着手臂走路，罗锅子不是，背着手攥着刀。黑雀还头一回见这么驼的罗锅子，腰像根铁条几乎硬折了个直角。师父迎上去，喊罗锅子把头。把头是苇刀客的头领。几十号人的活计分派，跟苇场主谈价讨钱，大事小情的都是把头说了算。黑雀看不出这个罗锅子有啥样的本事，做得起把头。刀客们都喊猴先生。黑雀知道为啥芦花给师父叫猴伯了。

汤把头让芦花把几盏灯都点上。大伙儿稀里呼噜吃完饭，地上摞了几个碗摞子。芦花要洗碗，黑雀给打下手。因为偷揣了胭脂瓶，他心虚不敢看芦花。刀客们回各自的房子去。每趟房子一盏灯，很快灭了。只有前趟房子灯还在檐下亮着，师父在跟汤把头说话。

这伙苇刀客是龙口来的，跟高师父是老乡。每年海结冰前，汤把头雇一条船，载着这几十号人下关东，登岸后再走上几百里来苇场子，割完苇子海冰也化了，船按约好的日子来海码头接，漂洋过海回龙口去。除去给船家的和人吃马嚼生病长灾啥的，来苇场割一冬苇子挣下的，回到家乡能买二百斤高粱。

一铺大炕挤下了二十来人，炕梢挂着一条苇帘子，芦花跟两个女苇刀客睡在苇帘子那边。把头让师父跟黑雀睡炕，师父没睡，他在灶屋地上铺了苇子。这对于走江湖耍猴儿来说，已是奢侈的住处了。

灶口前有块磨刀石，一个叫喜子的老人没睡，他跪在石头前磨刀。几十把刀堆在他的左右。喜子老人割苇子比不过年轻人了，可他刀磨得好。把头每年从龙口出来都要带上他。

黑雀睡不着，听着刀刃在磨刀石上嚓嚓响，想起胸前还藏着胭脂瓶。等了一会儿，听到师父的鼾声，他取出胭脂瓶，拧下盖子，将瓶口扣在了鼻子上。

三

第二天醒来时，黑雀眼前站着芦花。

芦花说把胭脂瓶还给我。黑雀说胭脂瓶我师父给了你，我没有胭脂瓶。黑雀这才发现师父没在，老妖也没在。黑雀还说没见胭脂瓶。芦花说你还说瞎话，瓶子就在你睡的草上。黑雀扭头看，胭脂瓶真在草上。

黑雀把瓶子塞给芦花，气囔囔地说我咋知道它会在草上，以后你的东西不要乱丢。黑雀想趁机走开，芦花偏挡住了，要他说清楚为啥拿她的胭脂瓶子。黑雀见走不开了，大声说那不叫胭脂瓶，叫雪花膏瓶。雪花膏？这可是芦花从未听过的，她有些愣。黑雀趁机走开了。

芦花回过神来，喊黑雀，你从哪里知道的叫雪花膏，你比猴伯还能耐？猴伯都不知道叫雪花膏。芦花不依不饶地追出来，不过她不缠着黑雀拿瓶子的事了，她想知道这瓶子里装过的东西是不是真叫雪花膏。

“我在戏班子里打过杂，一个姓胡的老板好听戏，班子里有个旦角叫莺莺，胡老板给莺莺送过雪花膏。”

“雪花膏啥色的？”

“还能啥色？没见过雪花膏，还没见过雪花？”

“雪片一样擦在脸上，擦完跟雪花一样白？”

黑雀哼了一声。

“你哼啥？”

“不哼啥，雪花膏是像雪一样白，擦在脸上就化开了，可脸不白。”

“你擦过？”

芦花是随便问的，哪知黑雀脸不自在了。芦花抢白说：“你脸又红了，你肯定擦过。”

“谁擦过，女人才擦的。”

“你说瞎话了，你偷莺莺的雪花膏擦的，是不是？”

黑雀的心差点从嗓子眼跳出来，她怎么会知道的？

黑雀擦过莺莺的雪花膏，不过不是偷着擦的，是莺

莺给他擦的。

有一回，莺莺坐在梳妆台前，一瓶雪花膏在台上放着。胡老板送的，莺莺没法拒绝，但她从来不用。莺莺从镜子里看见黑雀，回过头笑着把他喊过去，往他脸上抹了雪花膏。班子里别的女孩子说莺莺姐，这么好的雪花膏你不擦，给个黑小子擦糟践了。莺莺说你们要是想擦你们拿去擦好了。女孩子们说这可是胡老板送给姐的，我们哪有那个福分呢，要让胡老板知道我们擦了他送的雪花膏，还不得抽我们大耳刮子？班子里谁都知道胡老板看上了莺莺，想把莺莺娶过去当姨太太，胡老板答应给班主一大把银洋。胡老板三番五次来催班主，班主也来问过莺莺，可莺莺就是不吐口儿。

擦雪花膏的第二天，戏班子乱了套。莺莺失踪了，找不见人了。一块失踪的，还有跟莺莺搭戏唱《拜月亭》的小生老六。莺莺失踪后再也没消息。台柱子没了，戏班子跟着散了伙，所有人都骂莺莺跟老六。黑雀没骂，他欢喜莺莺姐跟老六走了。

黑雀从香炉山上下来，跟着师父走，过榆城时，听人说榆城大戏楼丹桂园有一双夫妻专唱《拜月亭》。他听了心疼了一下，是欢喜地疼。他没去丹桂园，也没问那夫妻姓甚名谁，他想一定是老六跟莺莺姐。

老六带莺莺姐走，黑雀是知道的。班子里都知道莺莺跟老六好。班主让唱丑角的小七看着老六，晚上他俩挨着睡。每晚小七都会摸几次老六的铺盖，老六睡着小七才放心。那天晚上睡到半夜，老六说去茅房，小七就醒着等。老六上了三次茅房，每次小七都要等老六回来再睡。三番五次小七放松了，也困了。最后一回他听见老六钻了被窝，放心了，迷迷糊糊摸了几次老六的被窝，人都在，小七就睡着了。天亮后，小七发现老六没了，在老六被窝里睡着的是黑雀。老六第四次出被窝，捅了捅黑雀，黑雀悄悄下地钻了老六被窝睡下了。黑灯瞎火的瞒过了小七。前天黑雀在后台打杂，只有莺莺姐在，莺莺姐把黑雀喊过去，黑雀见莺莺姐给他笑了，他走到莺莺姐跟前，莺莺姐说黑雀，姐求你个事……黑雀应下来了。老六跟莺莺没影了，小七挨了班主的骂，把气撒在了黑雀头上，狠狠打黑雀。黑雀不觉得疼，心里敞亮着，他欢喜莺莺姐跟老六走了。

芦花提起雪花膏，黑雀又想起了旧事。

芦花呢，见过雪，没见过雪花膏，擦在脸上就化了的雪花膏。

黑雀没跟芦花说下去，独自走开了。

四

刀客们摸瞎黑就走了，芦花蒸好饽饽要送过去，回头见黑雀又坐在了苇草上，她喊黑雀：“你师父也去割苇子了，你跟我去给他们送饭吧。”

黑雀看过割麦子，还没见过割苇子，他想去看看。

黑雀替芦花挑食筐，走到日上三竿，芦花指着前面说：“到了。”

黑雀去看，芦花说到了，可看那些割苇人还很小。还有拉苇子的马车，车老板摇着马鞭子，只见一个马头，驮着一个巨大的苇子垛在塘面上走过去，留下两条白白的车辙印。

这片塘分割成了几片，还有别的把头领着刀客在割。黑雀跟着芦花走。他在刀客中间看见师父了，师父也在割苇子，老妖坐在苇捆子上。芦花说：“说话要小声些。还没到歇气直腰的时候，不要惊扰人。”

黑雀不敢大声了，走近些，见每个苇刀客都像虾米一样弓着腰，每个人都成了汤把头，腰折成了直角。黑雀看见了汤把头，他割在最前面。芦花小声说："割一里才能直一下腰。"

无边无际的苇塘上，所有的苇刀客都不出声，只有风吹着起伏的苇浪。

芦花说："我爹说一个苇刀客下了苇塘，就是一只饿疯了的羊，镰刀是羊舌头。"

过了一会儿，汤把头不割了，他转过身来。汤把头是个罗锅子，他没法直腰，转身是直腰的意思。芦花抓着一把苇草，向着她爹摇了摇。汤把头见了，往芦花这边走来。刀客们也看见了芦花，跟着汤把头往这边走。汤把头就是这群羊里的头羊。吃饭也是无声的，随意坐在苇捆子上，掐着一块饽饽一疙瘩咸菜，几口吃下去，再抱起水罐子喝一气凉水。等汤把头站起来，所有人都站起来，又走回到各自的位置上去，把头挥了镰刀，所有的镰刀都吃起草来。

黑雀跟芦花挑着空食筐往回走，苇塘上空荡荡的，只有满塘枯叶。黑雀说："你不在家陪着你娘，你不想她吗？"

芦花说："我没有娘，我是我爹捡来的。"

黑雀想芦花原来跟我一样，说："我也没有娘，打记事起就没见过娘。"

芦花说："我见过我娘，但没见过我爹。我爹在我还没记事时就死了。五岁那年，我娘也病死了，我成孤孩儿了，是汤把头出钱埋了我娘，又把我领回家去当闺女养。"

黑雀看芦花，芦花正看太阳。太阳在远方，像个鸡蛋黄。他们不说话了，只是走，把枯叶子踩得沙啦沙啦响。

芦花忽然叫了一声，她说："啊呀，黑雀你看。"黑雀以为芦花扎脚了，放下空食筐，来看芦花。芦花蹲在塘面上。冰面上冻着两条鱼：一条大鱼，一条小鱼，小鱼看不见鱼头，鱼头藏在大鱼肚子下。大鱼稍微侧着身子，只看得见一只眼睛。芦花说："这大鱼是不是小鱼的娘？"

"我不知道啥是娘，流浪要饭时他们喊我小要饭花子，说我是石头生的。"

"人都有娘，怎么会是石头生的呢？你又不是孙猴子。"

"我真不知道啥是娘。"

“这大鱼就是娘，鱼娘护小鱼呢。”

黑雀盯住冰下的鱼看，小鱼的头藏在大鱼的肚子下，大鱼的眼是透明的。芦花说：“你说，塘冰化开时，它们还会活过来吗？”

“会。”

芦花眼就亮了，比冰下大鱼的眼还亮，说：“它们不会被人吃掉吧？”

“那咋办呢？”

芦花想了想说：“给它们盖上被子吧，遮人眼又暖和。”

他们找来苇子叶盖，一层又一层，严实又暖和。芦花看了看，苇子叶堆成小山了，可风一刮就散了。即便风不吹散，这么一大堆苇子叶，等于告诉别人这里有秘密。芦花发愁了。黑雀本来不愁，但芦花愁了，他也跟着皱起眉来。

黑雀眼忽然一亮，他说：“你等着，我去找水来。”芦花不知黑雀找水干啥，见黑雀往塘铺子去了。芦花看着冰下的鱼，越看越伤心。黑雀提着水回来，见芦花在哭，说：“知道你抹眼泪我就不去提水来了。”这么说芦花反倒笑起来。黑雀说：“你揪一些芦苇来。”芦花

听黑雀的，揪了芦苇叶。黑雀把几片芦苇叶盖在鱼上，然后往芦苇叶上洒水。芦花说："你这是干啥呢？"黑雀说："这天寒地冻的，过一会儿芦苇叶子就冻在冰上了，过来过往的人就不会看见鱼了。"芦花嘴巴都合不上了，好一会儿才说："黑雀你脑子真好使。"黑雀嘻嘻笑，说："你等着看吧，还不知戏法灵不灵，不灵了你可别笑话。"

他们坐在塘面上，你一句我一句说话，看不出俩人大清早还乌眼鸡似的。芦花说我爹是个有故事的人，很多年了，他在塘上遭遇了四只狼，手上只有一把镰刀，四只狼全让他杀死了。胳膊和腿上叫狼咬了十几口，他是爬回塘铺子的，就这样还背回了一只狼，他睡的褥子就是那只狼的皮。那时他背就驼了，只是没有这么驼。他六岁给大户人家扛活儿，割麦、锄地、打垄不许直腰，就成了个驼子。这苇场上没有不知道汤罗锅子的。说着话，俩人去看鱼上苇子叶，冻上了。

黑雀拍拍手说："谢天谢地，戏法灵了。"

芦花说："做个记号吧，我们得能找到这两条鱼。"

塘上并不是全平坦的，东南有一段塘埂，黑雀量了五十步。芦花不放心，她量了一下，六十八步。

“数准了？”

“数准了。”

“记住了？”

“记住了。”

五

在苇塘住几天就要走的，师父却病下了。师父挣扎着要走，把头给留下了。黑雀劝，芦花也劝，刀客们都劝他留下来，养好病再走。

师父听了劝，他说：“走这么多年，头一回病了就不走了，老了老了骨头倒娇嫩了。”

师父病下了黑雀不急，这样可以在苇场子多住些日子。

汤把头把炕上自己的铺位让出来，给师父住。黑雀殷勤地照顾起了师父。隔一会儿问师父你喝水不，师父说喝。黑雀把开水晾温了端给师父喝。没过一会儿又问师父你喝水不，师父说刚喝过。黑雀说喝过也要喝，师父就又喝。再过一会儿又来问，师父说再喝水肚子要胀

破了。黑雀不让师父喝水了。芦花看了笑，她说黑雀你该给猴伯煮药了。

药是芦花陪黑雀去镇上买回来的。镇子小，镇上那间药铺也很小，一个老头儿坐在药柜后面打瞌睡，药柜和老头儿都落满了灰尘。没有炉子，药铺冷如冰窖。芦花说以前来过这家药铺，喜欢药铺里的味道。

去镇上，穿过苇子地，芦花走得快，黑雀老落在后面，他没走过苇塘，绕着绕着就迷路了。他喊芦花，有时芦花不吭声，待黑雀喊累了，芦花才在他身后冒出来。走累了在塘埂上歇脚，芦花指着苇塘说："等割完这片苇塘，我跟爹就要回龙口老家了。"

黑雀听师父跟把头说话，知道了一个事。这次来关东苇场割苇子前，把头在家乡给芦花找了个殷实的人家。芦花不肯，那户人家的小男孩才三岁。把头跟人家话没说死，等这季苇子割完，要给人家准信儿。芦花跟把头说不肯去做童养媳，把头说要是不肯，来年你就十四岁了，就要接过爹这把苇子镰了。把头没替芦花做主，让芦花自己选。

"你怪你爹吗?"

"不怪，那人家殷实，这样的人家并不好找。乡下女孩做童养媳的多着呢。”

“苇子镰女人可不是那么好接的。”

“跟我睡一铺的有女刀客，马圈子苇场还有女把头。”

“你当真要当个女把头?”

芦花看着黑雀说：“你是想我当女把头，还是想去给人家做童养媳?”

黑雀看着无边无际的苇浪，没说话。可他在心里说了，芦花不去做童养媳也不要做女把头，还是做一朵芦花吧。

师父找出钱来给芦花，这是米钱。汤把头不要这份钱，师父说你要是不要我就走了，三张嘴呢，不能从刀客们的牙缝里挤。把头说黑雀没少帮芦花。师父说他闲着也是闲着。把头让芦花收下了钱。师父跟黑雀说你不要伺候我，你要多帮着点芦花。黑雀巴不得师父这么说。芦花也乐意黑雀帮忙，一起生火，一起去深塘里凿冰化水。

给师父煮药，小炉子火够旺了，芦花还要给扇火。没有煮药罐，用了一个盛水的瓦罐，罐口盖了一片薄石头，药煮开了，薄石片与罐口磕得咯咯响。黑雀说：“芦花你看这石头片子，像不像人冻得牙齿在打战。”

说完，黑雀浑身瑟瑟发抖，牙齿咬合得咯咯响。

“像是像，可也有不像。”

“哪儿不像？”

“牙齿打战是冻的，这罐子咯咯响是热出来的。”

坐在门槛上的师父让芦花逗乐了。

芦花说：“罐子热了，我给它扇扇凉风。”

她用手掌当了扇子，真在罐口扇起风来，说：“猴伯我这个巴掌像不像芭蕉扇？”

师父笑，说：“芦花连芭蕉扇都知道，你还知道啥？”

“这瓦罐是太上老君的八卦炉，这药煮好了，猴伯喝下去病就好了。”

“这又是你爹说给你的吧，把头爱讲古儿，关东人叫说瞎话儿。”

“猴伯说个瞎话儿呗？”

“猴伯可不像你爹恁多瞎话儿，想啥时说啥时就有，猴伯的瞎话儿在肚子里沤着呢。”

芦花不懂了，黑雀也不懂，瞎话儿不是张嘴就来吗？还用沤吗？黑雀说：“芦花我给你说，说猴戏团。”

黑雀说到了在冯家。他说小少爷从没喊过娘，跟用人一起喊大奶奶。黑雀给芦花看了箱子里的长岁毛，他说师父收了小少爷，他也是猴戏团的人。芦花说你们故事多，割苇子就乏味多了，没一点嚼头儿。黑雀说你跟你爹说不接他的镰刀了，入猴戏团吧。芦花摇了摇头，说我走了，我爹咋办呢？他就我这么一个亲人。

芦花话头一转，神秘地说："我爹有个宝贝，谁也不让碰。"

黑雀兴起，说："啥宝贝这么金贵？"

芦花神秘兮兮地说："就是我爹睡的狼皮褥子，从不让别人睡，碰一下也不行。"

"为啥？"

"我爹说那头狼死了，可狼魂还缠着呢，谁摸狼毛都会挓挲起来。他说刚杀死这头狼时，狼皮绷在窗子上晒，到了晚上窗外有狼嚎，我爹起来去外面看，没有狼，后来他把耳朵贴在窗上，是狼皮在嚎叫，我爹就把狼皮扯下来，铺在身底下当褥子，嚎叫声没了。"

黑雀浑身起鸡皮疙瘩，说："有这么玄乎？"

芦花说："反正我爹不让摸，他睡完觉就收回箱子，谁也不许动。刀客们都知道，没人碰他的狼皮褥子。"

黑雀磨芦花，要摸一下那条狼皮褥子。芦花心也痒痒，平时有心无胆，毕竟是个女孩子家。有了黑雀，壮

了胆，拉着黑雀去开了爹的箱子，取出狼皮褥子来，铺在了炕上。

这是张完整的狼皮，腿、头、尾巴都在，两个眼窟窿也在，要是做个骨架撑起来就是一头狼。黑雀说：“我要摸了。”

芦花说：“你摸。”

黑雀跟芦花都紧张。芦花抓住了黑雀一只胳膊。黑雀真摸了，手掌走过之处，温顺的狼毛突然根根直立。黑雀跟芦花惊异无比。黑雀把挓挲起来的狼毛抹平，狼毛又齐刷刷地立起来。他去看狼脸上的黑窟窿，狼正眯着眼在笑，眼角堆起了细细的皱纹，而分明脸上只有两个黑窟窿，狼眼早挖去了。芦花推了一把黑雀，黑雀从恍惚中回过神来。狼不笑了，狼毛倒了下去，又温顺平滑。他们互相看了一眼，慌忙叠起来塞回箱子，逃出了塘铺子。

直到躺在草铺上睡觉，黑雀还没缓过神来，闭了眼就是狼的微笑。

灯刚灭，忽听汤把头喊，点灯点灯。芦花忙点灯，黑雀也醒着，侧耳朵听着。灯亮了，汤把头跳下炕，刀客们也都起来了。汤把头说谁动我狼皮褥子了。没人说话。汤把头看看芦花，芦花不敢看她爹。汤把头说丫头，你动狼皮褥子了？芦花张口结舌。刀客丙叔说把头咋了，汤把头说你看这狼皮。移灯过来，看狼皮，狼毛挓挲着，根根直立。汤把头问芦花，还有谁碰过？芦花说黑雀。有高师父在，汤把头不好说什么。师父要骂黑雀，汤把头说不怪黑雀，狼皮在箱子里，指定是芦花要看的。芦花说是我，不怪黑雀。黑雀也来看狼皮，狼毛全立着。刀客们看汤把头，把头说黑雀，你躺狼皮上去，你躺上去毛就平了。黑雀心里敲鼓，额角冒汗，把头说你把它摸醒了，你躺上去它就老实了。汤把头看着黑雀，刀客们也看着黑雀。黑雀看着狼皮，狼眯着眼在笑。芦花说黑雀你信我爹的，我爹不会给你亏吃，你躺上去。黑雀就躺到了狼皮上。汤把头说灭灯。芦花吹了灯。汤把头睡到黑雀睡的草上，谁都不说话了。黑雀双手护着脖子，听说狼捕食都是一口咬住脖子。刀客们鼾声四起了。黑雀仗着胆松开手，摸了摸狼皮，狼毛温顺地倒着。黑雀坐起来，看睡在草上的汤把头，汤把头像狼那样蜷卧着。刚要闭眼要睡觉，汤把头扑上来，锯齿獠牙，来咬他的脖子。

黑雀惊醒了，汗水淋漓，摸身下狼毛皮，摸到的是

苇草。黑雀大气不敢出了，他悄悄下地，摸到汤把头的铺位前，伸手摸了，他摸到了狼毛皮，狼毛光滑温顺。汤把头狼一样蜷卧着。

第二天醒来，刀客们下塘走光了。黑雀头疼欲裂，怀疑夜里是否睡过狼毛皮，连是否摸过狼毛皮也变得渺茫起来。问师父，师父一脸的茫然，他说这怎么会呢，做梦了吧，汤把头那张狼毛皮他摸过很多回，从没见狼毛挓挲起来。

六

这一季苇子要割完了，刀客们反倒不急了。

日头还高着，空荡荡的苇塘上，只有猪嘴滩上还长着几棵苇子。刀客们散坐在苇捆子上，都不说话，抽烟的抽烟，晒日头的躺在苇捆子上眯着眼。

汤把头抽完烟，提着镰刀站起来，走到了那几棵苇子前。最后一刀苇子得把头割。老苇刀的刀把子磨得乌亮反光。汤把头揽过苇子秆，刀刃子勾住根部，苇子便倒在了把头的怀里。

汤把头攥着苇子，转身往回走。这是无声的命令，也是一种默契。刀客都站了起来。来拉苇子的车老板和拉车的马，看着这些蓬头垢面的刀客，跟着罗锅把头向塘铺子走去。

回到塘铺子，把头将苇子挂在了上门槛上。

黑雀问芦花："啥草那么金贵，把头还要挂起来。"

"是这一季割下的最后一刀苇子。晚上要炼塘用的。"

"炼塘？"黑雀头一回听说。

"吃饱饭了等着看，到时候你就知道了。"

这天晚上饭开得早，上午把头让丙叔去了镇上，割回了二斤肉，又让人去了五里外的野塘凿冰挂鱼，还留下两个女刀客帮着芦花上灶。这一晚的饭肉有了，也有鱼汤喝，把头把一坛子酒搬出来，会喝酒的都有份儿。刀客们盘坐在土炕上，地上铺好草，也坐了人。把头先端酒，说了拜年的话。苇刀客不过大年，割完苇子才是年。众人也端了酒碗，把酒干了。黑雀端着碗坐在门槛上吃，芦花喊他进屋也不进，芦花就也坐到门槛上来吃。黑雀不时偷看门槛上的苇子，看不出有啥特别的。

丙叔问把头："今年还要火龙不要了？"

"不要火龙叫啥炼塘？"把头把酒一饮而尽。

又喊了一嗓子："走，炼塘去。"

黑雀忙把碗撂下，盯着苇子。芦花说了，这一把苇子留着炼塘的。女人们收拾碗盏家什，男人们跟着把头走了。喜子老人没去，抹着油嘴，把磨刀石搬到了屋檐下，将几十把刀抱过来，又搬来了一个水罐，跪在地上磨起了刀。

黑雀好奇，他说："苇子割完了，还磨刀干啥？"

喜子老人说："刀子不快还叫刀子？"

黑雀一边看着喜子老人磨刀，一边盯着门槛上那把苇子。喜子老人磨得出奇地慢，好半天才磨完一把刀，磨完了用碎草把刃上的石浆子擦净。喜子老人装了一锅烟，坐在一块石头上，他像跟黑雀说，也像跟自己说。他说："刀子没误了人，人也不能亏了刀子。"

汤把头分派好了人手，来取门槛上这把草。他用灶下余火点燃了苇草，举着草烧出腾腾火焰来。然后俯下身，点燃了塘上的枯苇叶。火烧了起来，汤把头把火草分给了其他刀客，刀客们举着火草奔跑开去，接着塘面上烧起了十余堆火。火在塘上烧着苇子叶，苇子叶火向四处蔓延，过火的塘面越来越大，塘上也亮了起来。

黑雀对芦花说："我知道啥叫炼塘了。"

“好好看吧，火才烧起来，我爹说这片苇塘有上万亩，火烧起来才好看呢。”

刀客们手上的镰刀换成了木叉，他们翻动着枯草叶，让火迅速蔓延开来。喜子老人不看火，他磕净了烟锅，又跪在地上，背对着火塘，嚓嚓磨起了刀。

忽然芦花啊呀一声，吓了黑雀一跳。芦花向塘上飞奔过去，她在燃烧的塘上跳来跳去。汤把头喊芦花躲火。芦花像没听见把头喊，一直向北跑去。

黑雀先是愣住，接着似乎也懂了，跳进火塘去追赶芦花。黑雀喊：“芦花，你躲着点火。”其实他自己也在火里。

芦花跑到一处，找那条塘埂子。找到了塘埂子让黑雀数步子，然后他俩趴地上看塘面。找了一会儿，芦花喊黑雀找到了。黑雀聚过去，又看到了那两条冻在冰里的鱼。他们盯着鱼看。

“黑雀你说这大鱼是不是小鱼的娘?”

“嗯。”

“开春塘子化开了，它们会不会活过来?”

“嗯。”

“炼塘火会不会烧死它们?”

“嗯。”

“我们该咋办呢？我脑子糨糊了，你脑子好使，快想个法子呀。”

“把苇子叶扫开吧？不过火就烧不着了。”

“快些扫呀，你还等什么？”

黑雀跟芦花扫苇子叶。他们没有叉子，没有耙子，四只手就当耙子。火要烧过来了，一个刀客在喊他们。他们没有回应，把鱼周围的苇子叶扫净了。芦花还在扫，黑雀说够了。塘上扫出了一大片了，但芦花还是说不够。黑雀接着扫，又扫了一大片，黑雀说够了，再扫就扫回塘铺子了。芦花看看扫出的塘面，火不会烧过来了，芦花才坐在了塘面上。

黑雀也挨着芦花坐下来。

汤把头站在火前开吼了，黑雀听不清他在吼什么。

芦花说：“要耍火龙了。”

汤把头脱了棉袄，赤着上身，二十几个刀客也都脱了棉袄，所有要耍火龙的都光着脊背。每人手上一把木叉，他们跟着把头跳进了火里，排成一条长蛇阵。汤把头叉起草火抛向空中，草火散开，纷纷洒洒落下来。把头身后的刀客也接二连三地叉起草火抛向空中，空中烧起一条火龙。火焰纷纷落下，落在塘上，落在刀客的身上。一条火龙灭了，又叉起了草火，一个接一个抛向空中，又一条火龙烧起来。黑雀从未见过这样耍火龙，难以相信这些耍火龙的人，就是白天还在沉默着的刀客。

“我爹说，火炼过的苇塘，来年芦苇才会长得好。”

“你当真打算要接下你爹这把镰刀吗？”

“我爹那把刀我试过了，还挺称手的。”

“当个女把头，一辈子也别想抹上雪花膏。”

“我才不稀罕呢。”

师父没说过为啥绕远来苇场。黑雀问过几回师父，师父都不说。直到很久以后，黑雀听到了一首诗：君自故乡来，应知故乡事。来日绮窗前，寒梅著花未？

他才似乎是懂了。

黑雀跟芦花并排看火。

火在塘上蔓延。

刀客们追着火，忘记了黑夜。

第五章 三角城

三角城地名考：

三角城在五顶山上。

五顶山，顾名思义，五座山峰并立，各有气象。

自西向东，头一座形似馒头，叫馒头山，长草不长树。

相邻一座形似棒槌，叫棒槌山，长树不长草。

居中一座，形似锥体，叫尖山。尖山上几乎寸草不生，山腰一座三角形状土夯城，为努尔哈赤所建，城中有座半木半石的塔，塔里供着孟王爷。尖山背后有口井，传为海眼，有水自溢而出，经年不绝。井上有石辘轳，辘轳绳为一条铜锁链，沉至井底，链锁巨龟，龟堵海眼。

余下两座山挨挤相连，形似一匹跪着的骆驼，山上遍生荆条，双山同名骆驼山，一山为驼峰，一山为驼头。

第五章 三角城

一

走过了佟家屯、涂屯、转弯子、鸡冠岭、凉水井、王营子、小德营子、玲珑塔、加碑岩……

走过了水口子、唐家屯、叶家屯、鲍家屯、侯杖子、王杖子、老大杖子、孤女坟、孤家子、三家子、药王庙……

一路走，一路耍。

从羊圈子苇场出来还是正月，一路走下来就走到了又一个腊月，眼瞅着又一个三九天要来了。

二

师父看看天，快晌午了，说："黑雀，再往前走五里是五顶山，山下有个镇子叫黄土坎。这个镇子五年前我来过，有个大户姓崔，祖上也是下关东过来的。崔家开窑厂，烧窑的就不下百十个。崔家窑出的货好，方圆一二百里，大都用崔家窑，崔家还养着十几挂马车，往旅顺送货，装船出海下南洋。烧窑得有好土，土好才能烧好窑。你听这镇子，黄土坎，能烧不出好窑吗？这次得去崔家一趟，我还欠崔掌柜一场猴儿没耍呢。”

黑雀心上没想耍猴儿的事。又到了一年割苇子时节，不知芦花回没回苇场，接没接把头那把苇子镰。他心里想着事，耳朵里也像塞了把苇子草，师父的话听得疙里疙瘩的。

师父似乎并没发现黑雀走着神，接着说：“五顶山上有个土围子，三角形的，是座土城，听说还是努尔哈赤命人修的，当地人叫三角城，城中有座木塔，叫孟王塔，塔里不供菩萨，供着孟王爷。这孟王爷是个大善人，有一年遭灾，孟王爷倾尽家财救济周边百姓，他死后百姓捐资修塔，塑孟王爷金身供奉。人们都说如今的崔掌柜心善，像当年的孟王爷。”

黑雀从走神中回来，说一句：“师父知道得可真多。”

师父说：“不是知道得多，是走的地儿多，走这玩意儿也上瘾呀。走了几十年，停下来不走了脚底板生疮。我给自个儿算了一命，属骡马的，天生走命儿。”

黑雀嘿嘿笑，师父说：“别笑，你小子也是个走命

儿，比我好不到哪里去。”

黑雀笑说：“师父走到哪儿我跟到哪儿，反正猴戏团不散伙。”

师父也笑，说：“你哪是天上飞的雀儿呀，就是块狗皮膏药。”

师徒俩正说笑着，盘算着去黄土坎找崔掌柜，给崔掌柜要一场猴儿，这时身后来了一队马兵，马蹄搅得尘烟四起。师父心里一惊，一把拽起猴儿，抱在身前，怕马鞭惊着了老妖，招呼黑雀快躲。但来不及了，土路狭窄，黑雀和师父只好侧着身站立路边，低头不看。马兵都跑过去了，又停下来，兵头儿打马掉头，来到近前，挥舞着马鞭，喊叫着要他们抬起头来。这时师父跟黑雀才看清，面前站着十几匹马、十几个兵，七八条枪，没枪的手上有马刀。师父忙点头作揖，赔笑脸。

兵头儿眼光落在了黑雀背的木牌上。他不识字，让一个兵给他念。那兵看了半天，笑嘻嘻地说：“排长，我不识字。”

兵头儿瞪了一眼，抽了那兵一马鞭，喊另一个兵过来。这兵倒认得，念：“高家猴戏团。”

那兵刚念完，兵头儿扑哧笑了，身后的兵不知所以，头儿笑了，也跟着笑。兵头儿笑了一会儿，眯缝起眼说：“名头不小啊，就俩人一猴儿也敢叫猴戏团？照这么说咱这十几号弟兄，能叫个骑兵师了。”

兵们又一阵笑。

兵头儿对两个小兵说：“把这俩耍猴儿的带上山，给司令解解闷儿。”

师父听了大惊，忙去拦兵头儿。兵头儿看都没看他，随手一马鞭，抽在他脸上。师父腮帮上肿起一条紫檩子。他顾不得疼，还想求兵头儿。兵头儿已打马掉头往前走了。师父跟两个小兵说：“兵爷高抬贵手，放我们一马，还要赶路回家呢。”

一个兵瘦，面色白些，说：“有话到山上说去，我们不带你走，排长就得给我们一枪。”

师父还苦求，另一个兵墩胖，脸色姜黄，脾气也躁，长枪顶着师父脑门，说：“再啰嗦给你一个枪子儿。”

师父一看架势，不走不行，给黑雀使了眼色，俩人跟着兵走了。兵们骑马，嫌他们脚步慢，骂骂咧咧地催，师徒俩小跑着走，呛了一肚子冷风。师父腮帮子生疼，摸一摸也不敢，心中叫苦不迭。也不知这队人马是兵还是匪，真要落到匪巢里小命儿就保不住了。

第五章 三角城

马队上了五顶山，进了土围子。师父心凉了半截，兵们不会驻扎在这山上，看来这伙人是匪了。

三角城正面土夯墙上加了泥，筑高了，城门上架着机枪。城门正中吊着大匾，刻着仨字：老虎营。出来进去的兵们握刀背枪，衣服五花八门，有的是军服，有的是农民穿着打扮。黑雀不敢多看，连猴眼里都有了惊恐，猴毛挓挲着。大兵跟马队兵头儿打着招呼，有喊排长的，也有喊老柳的。师父心中有了点数，这个姓柳的兵头儿是排长。

城中间一座木塔高耸，塔尖蹲着三个兵，面向三角城三个方向，手上每人一杆枪。见黑雀望，一个兵把枪指向他，黑雀连忙缩脖低头，头皮一阵发麻，好在没有枪响。

塔里点了几盏蜡，还是黑咕隆咚的，师父冷丁进去眼有些花。等看清了，吓了一跳，孟王爷塑身还在，塑身下摆着高背虎皮椅，椅子上坐定一人，穿着翻毛皮袄，头戴狗皮帽子，是个独臂。独臂两侧各有三把椅子，扇子面摆开，椅子上都坐着人，噘嘴努腮，歪瓜裂枣。高师父趋步向前，向独臂作揖，说："营长好。"

高师父看见城门上的老虎营，给独臂喊了营长。哪知柳排长飞起来一脚，踹在了他屁股上，骂一句："眼瞎了你？这是我们程司令。"

黑雀忙抢身来扶，师父还是趔趄了，险些马趴在地，站稳了，再作揖，喊："司令好。"

程司令看着柳排长，挥了下独臂说："去把没站岗巡哨的弟兄都招呼到塔前集合，让弟兄们看一场猴儿戏，山上这日子也怪苦熬的。"

柳排长带着他们出了塔，在塔下等着。柳排长传令下去，不多时，塔前站了一百来号人。小兵把虎皮椅搬到塔檐下，程司令挎枪，把狗皮帽子帽檐向上推了推，秃脑门闪着油光。兵们站得七扭八歪，嘻嘻哈哈。见来得差不多了，程司令向柳排长使了眼色，柳排长清清嗓子，说："开耍。"

黑雀开了锣。人猴来往，耍得尘烟四起。程司令哈哈笑，帽子都笑歪了。见司令和一营兵乐了，师父心中有了点底。一棒锣响，就算耍完了。高师父牵着猴儿给司令作揖。程司令大悦，要柳排长打赏。高师父哪里敢收，推还给柳排长。高师父满以为能下山了，程司令打了个哈欠说："把这个啥猴戏团的，带到后院去，弟兄们啥时候操练累了，让他们耍一耍解解闷儿。"

司令说完晃着独臂走了，高师父喊司令留步。刚喊出来，柳排长狠狠地抽了他一脖拐，骂："司令也是你能大喊大叫的?"

师父顾不得疼，说："柳排长，山下说好的，要一场就放我们下山的。"

柳排长随手又抽了一脖拐，说："山下我说了算，到了山上我们司令说了算。"

师父怕挨脖拐，没再问了。

三

黑雀他们住在伙房边柴房里，同住的是伙夫周福。打杂的人都喊他老周。没有炕，老周给了他们两捆草，垫身下当褥子隔凉。睡草没什么，说来还是比露宿山野强多了。

晚饭是杂面窝头，一人一个，猴儿没有。

黑雀说："我的窝头给老妖吃。"

师父把自己的窝头掰开，一半大一半小，大的给了老妖。黑雀也掰开，一大一小，小的给了老妖，大的跟师父手上小的换。师父不换，说："你是长身子长力气的时候，多吃一口。"

老周见他们推来让去的，转身从一捆草里摸出半个窝头。窝头硬成石块了，跟摩云洞里吃的干饼子差不多。老周说："当兵的一人俩窝头，一块咸菜疙瘩，打杂的一人一个，没猴儿的份儿，多分给你们一个窝头，我得挨枪子儿。这半块窝头是我省下来的。"

师父不要老周的半块硬窝头，老周说："吃吧，我蒸窝头，嘴上亏不着。"

师父接了窝头，谢过老周。次日早饭，师父发现老周分给他们的窝头是实心的，别人的窝头是空心的。师父要说些话，老周摆手制止了，说："有些话还是烂在肚子里的好。"

师父懂了老周的意思，只好尽在不言中。晚饭窝头还是实心的，师父偷着跟黑雀说："走到哪儿都要记着老周的好。"

独臂儿喝了酒就要看耍猴儿，虎皮椅摆在塔檐下，看到兴处，笑声把塔檐上落的麻雀能震飞。这样耍一场就够了，师父就可以跟黑雀牵猴儿回后院。要是独臂儿脸色不好看，兵们脸上也跟着抹了糨糊。那虎皮

椅靠背能放倒，独臂儿躺在椅子上，盖条兽皮被子晒阳儿。独臂儿不说好，猴儿就得一遍一遍耍，停下来要挨柳排长的鞭子。师父跟黑雀还好说，老妖受不了，它快老掉牙了。师父怠慢些，柳排长手上的鞭子甩得啪啪响，兵们嗷嗷叫，有时还要拉枪栓，拿大刀把风劈得吱吱乱叫。高师父走了几十年江湖，这个阵势还是头一回见，打起十二分小心，不敢有半点差错。有时独臂儿睡着了，嘴巴张得能塞进窝头，呼噜打得山响，像饿了几天的猪哼哼哼拱食槽子。柳排长不要黑雀敲锣了，鞭子也不许甩了。这猴儿还怎么耍？没法耍也还要耍，停下了就挨打。

一天，一个歪嘴儿连长进场子里逗老妖，老妖一口咬住了歪嘴儿手指。这歪嘴儿恼羞成怒，夺过一把长枪，抡起枪托就砸下来。师父扑上去护老妖，枪托砸在师父脑门上，师父当场晕死过去。黑雀丢了锣来看师父，歪嘴儿接着抡枪打猴儿。老妖也来看师父，迎着歪嘴兵走上来。歪嘴儿一下子打在老妖脸上，猴儿的左眼冒出来，它没捂眼，晃了几下头，淌着血还往前走，来看昏迷着的师父。歪嘴儿还不出气，还要打，这时独臂儿醒了，喝住歪嘴儿，打着哈欠说："堂堂老虎营连

长，跟只猴子过不去，还能不能有点出息了?”

独臂儿说话没人敢不听，歪嘴儿收枪归队，手指在滴血。独臂儿喊过几个兵，把高师父抬回了柴房。师父醒过来，黑雀才放下心来。师父脑门肿起一个包，一只鼻孔还在渗血不止。黑雀没用师父吩咐，找出在山里采的马勃包，抖出一些面面儿，老周帮衬着，给师父和老妖止血。师父顾不得疼，抱着老妖啪啪拍自己眼睛，恨不得也拍瞎一只。

黑雀疼师父，说：“师父你别这样，只要老妖还活着就好。”

老妖疼得腿打战，但不吭一声。

师父说：“这哪里是兵呀，分明是土匪。”

老周说：“这就是土匪呀，他们自己说是兵，哪个部队的兵这个样子?快两年了，这队人马也不知哪儿来的，从乌金塘过，我在镇口卖煎饼，他们用枪指着我脑袋，要我给烙煎饼，我就给烙，他们吃也吃了，临走把我给抓着走了，说我烙的煎饼好吃。至今我娘还不知我的死活，我也不知我娘死活。这伙兵看上三角城，在这儿扎营就不走了。三角城里像我们这样抓到山上来的，有二十几号人呢，喂马的、做饭的、杀猪的、裁缝、剃

头的，还有专门给独臂儿修脚的，这姓柳的排长最可恶，这些人几乎都是他下山抓来的。”

师父恨柳排长恨得牙根痒痒，可又没辙，枪在人家手上。腮帮上的紫檩子刚消，印痕还在，现在脑门包又肿得像个烂桃。老周从厨房偷点米酒出来，让黑雀往包上擦，肿才消一些。

独臂儿没再喊他们去耍，歪嘴儿却不想这么算了。他派了一个排长来，排长说我们连长养伤寂寞，要看耍猴戏。师父跟老妖没法耍了，排长要兵把人跟猴儿抬了去。师父说：“再要让我去耍，我们只有死了。”

兵们不管死活，要硬来。老妖急眼了，扑上来撕咬，排长一马鞭抽在它右眼上，它在地上转圈，右眼也看不见了。排长还要打，黑雀抱住排长大腿，说：“你们放过我师父和猴儿，我去给你们学猴儿。”

排长听说黑雀学猴儿，觉着是个新鲜事。但他不信黑雀，黑雀说：“我给你们学几手。”

黑雀学了猴子摘桃子拜寿，排长看了嘴咧开，像个摔破的水瓢。他说：“这个倒新鲜，不用耍猴了，你去给我们连长学猴儿。”

去了一个多时辰，黑雀鼻青脸肿地回来了。师父问黑雀，黑雀不说，还笑，他来看师父的伤，师父说快好了，去摸黑雀的脸，黑雀躲开了，师父心就疼，锥子扎了一样。

接下来的日子，黑雀让不同的兵拉走，回来总会添些新伤。师父窝了一股火，肿包消了，人还是缓不过来，坐在草上，摸着老妖的头，眼里汪泪。人老了泪黏，淌出眼窝，面稀一样糊在脸皮上。黑雀从不喊疼，学猴儿归来给老妖上药，伺候师父，这些打杂的看了，都心疼这个黑孩子。

四

这天夜里，老周从伙房回来，一脸神秘和兴奋。他说："独臂儿是秋后的蚂蚱，蹦跶不了几天了，张作霖派了一个团来，要攻打三角城了。"

张作霖在关东可是响当当的人物，绿林响马出身，地盘在不断扩大，手下兵强马壮。

师父说："张作霖亲自领兵来？"

老周装了一锅烟，坐在门槛上，跷着二郎腿慢慢

吸。吞了几口烟雾，他跷起小手指说：“独臂儿就是个小臭虫，踬死个臭虫还用得着恁大的头头儿？”

师父看老周一反常态，心里信了七八分。老周磕掉烟锅，小声说：“张作霖手下有个汤二虎，听说是他带着人马来。”

汤二虎也是大人物，大号汤玉麟，是张作霖拜把子兄弟。师父说：“但愿能把这伙土匪灭了。”

老周说：“独臂儿手下这百十几号人，别看咋咋呼呼的，欺负老百姓挺有两下子，跟张作霖比还不如一筐臭鸡蛋。”

师父心也长了草，盼着能把这伙匪灭了。

半夜，前院来人了，柳排长把打杂的喊起来，几个兵端着枪，把这些人赶出了三角城。以为要挨枪子儿，有几个人呜呜哭上了。到了城外，却往山坡下赶他们，离着城门百十丈了，让他们在原地挖壕沟。

锹镐有兵送了过来，二十几号人挖开了。师父惦记猴儿，又不敢提，黑雀知道师父心事，心也吊吊着。土冻得像石头，镐刨下去崩起来，弹脑瓜崩儿一样。兵们在冷风里催，吆五喝六的，枪口晃来晃去。城上有零星枪声，土墙上兵也明显多了，每个黄泥垛口都有一支枪

伸出来。

天亮后给送来了窝头，还是每人一个。黑雀跟师父每人掰下一块，藏在棉袄兜子里，这是留给老妖的，也不知它咋样了。在身后几十丈远，兵们也在挖壕沟。老周嘴碎，骂了一句，监工的匪兵抡起枪托，打在了老周大腿根上，疼得他龇牙咧嘴，走路一跳一跳的，像掉了一条腿的蚂蚱。

挖了半晌，黑雀跟师父商量，得把老妖带出来，它右眼几乎也瞎了，在柴房里只能等死。师父没辙，黑雀说了个法子。师父说这可是冒险呀。黑雀说不冒险咋办。这伙兵寻思过味儿来，想起柴房里有只猴儿，还不打死了吃肉？这伙匪兵啥事干不出来？师父说也只好这么干了。黑雀喊监工的兵，这个兵换成了路上带他们上山来的白瘦子匪兵。这个匪兵脾气软些，不躁。黑雀说："大哥，这挖沟累人，给大家耍个猴儿，闹个乐子吧。"

白瘦子兵说："耍吧。"

黑雀说："没猴儿耍不了。"

白瘦子兵说："猴儿呢？"

黑雀说："在城里。"

白瘦子兵说："还不快去牵？"

黑雀等着这句话呢，他答应一声往城里走。白瘦子匪兵跟看门的兵打好招呼，黑雀就进城去了。师父的心提起来，不知猴儿还在不在。好在黑雀很快出城来，背着箱子，牵着猴儿，猴眼几乎全瞎了，走路绊跟头。师父见了老妖，心才踏实些。

城下还有一伙挖沟匪兵，他们拦住黑雀要看耍猴儿，黑雀就给他们耍了。猴儿没眼了，蹿蹦跳跃摔跟头，兵们七扭八歪地笑。笑过还要黑雀学猴儿，黑雀就学。兵们说什么是什么。兵们捡土坷垃打猴儿，猴儿不知往哪儿躲，挨了十几下打。好歹匪兵放了黑雀。

等来到近前，师父见老妖又添了新伤。白瘦子兵要黑雀耍，黑雀跟兵商量学学猴儿算了，猴腿摔瘸了，耍也不好看。白瘦子兵也没说别的，要黑雀学猴儿。兜了个大圈子，好歹把老妖牵了出来。

二十几号人吃睡都在原地，挖沟不止。黑雀让兵们呼来唤去，在壕沟之上蹿蹦跳跃，真成了一只林间猕猴。有时屁股上挨一枪托，有时背上挨一鞭子，疼也不敢嚷嚷，还要龇牙给匪兵笑，不笑，鞭子挨得更多。

五

三天后，挖沟的匪兵撤回了城里。

打杂人挖的沟够深够宽了，白瘦子兵说：“这沟深得能挡住坦克了。”

他们不知坦克是何物，只眼巴巴等着进城去。哪知独臂儿下了死令，打杂人原地在壕沟里守着。他们回头看城门关着，垛口伸着几十条枪。打杂人里有个裁缝，叫柳俊生，跟老周住一个镇子，一直想跑，老周就劝他：“往哪儿跑？刚出壕沟就给人当靶子了。”

裁缝就哭，说：“从家出来时进城看眼睛，雀蒙眼，说好了看完眼睛，去洋行给孩儿娘买香胰子，给闺女儿买牛奶糖，抓来快一年了，家里眼该望瞎了，还不知我去哪儿了。”

裁缝一哭，打杂的都心酸，泪珠子掉地上能砸出坑，沟里呜呜响。师父跟老周悄悄说：“看这架势是让咱给他们挡枪子儿呀。”

“独臂儿真缺德，他在城里吃香的喝辣的，让咱在前面给他们当炮灰。”

“真没个跑?”

“谁出沟谁死，没见墙垛子上的枪？那可不是烧火棍。守在这儿兴许还能活。”

“就看谁命大了。”

黑雀在给老妖梳毛。

老妖倒安静，坐在沟里，像个老人。

这些打杂人的武器五花八门：铁锹、板镐、菜刀、扁担、钉耙，做掩体的是挑筐，筐底向外，透过荆条缝隙能看见山下。黑雀没分到武器，找了根树枝。他的腿也有些瘸，树枝顺便当了拐棍儿。师父说：“走了几十年，没想到会死在三角城，还是这么个窝囊的死法，给一伙土匪挡了枪子儿。”

老周看看黑雀，趴在师父耳边说：“咱这把年纪不亏了，黑雀还是个孩子呢。”

师父懂了老周话里的意思，他不想黑雀这么小就死了。师父也犯了琢磨，想啥法子，能别让黑雀当炮灰呢？

这天夜里，一个黑影跳出了沟。老周跟师父挨着，他捅了高师父胳肢窝一下，师父看见了，那人刚跳出

沟，没跑几步，枪就响了。城门打开，出来俩兵，跨过壕沟，把人拖走了。其他人窝在沟里没敢抬头看。

第二天早晨，老周点数人头儿，没了裁缝，说：“这裁缝不信话呀，白搭上了小命儿。”

又说：“白瞎裁缝的好手艺了，围着乌金塘几十里，哪家娶亲嫁女裁新衣裳，都来找他。手艺好，人也好，没少了帮人。”

师父话也不说，城里送来窝头，他也没吃，借了老周的烟锅吸。打杂的人都没心思吃，窝头嚼着却咽不下去，嗓眼呜呜响，与风声搅在一起。吃完了没事干，趴在沟里吃风。

天入三九，冻掉下巴，夜里呜呜声比风还响。黑雀也冷，师父说你抱抱老妖，老妖暖和。黑雀就抱着老妖，猴儿毛皮像毯子。抱了一会儿，师父说老周你也抱一会儿，黑雀把猴儿让给老周。师父喊打杂的都过来，每人都抱一会儿。二十几号人轮着抱老妖。老妖乖，平时除了师父跟黑雀，谁也别想靠近。抱过的都说老妖像个小暖炉。

“老周，你猜我这辈子，最大的念想儿是啥？”

“还能是啥？有个窝住，有口饭吃，老婆孩子热炕

头呗。”

“说来你都不信，走惯了，倒不咋想有个窝住了，就想听一回杨小楼唱《水帘洞》，谁不知杨老板猴戏占着一绝。这辈子没这个福分了。”

“高师父给大家伙儿演段戏吧。”黑天里，也没看清说话的是谁，听着像喂马的老孙。

老周接过话茬：“演出戏这沟里是要不开了，高师父你给大伙儿唱几嗓子吧。”

师父没推辞，说：“我来几句《水帘洞》里的猴王念白吧，我可不是跟人家杨老板学的，那年走到奉天，官局子胡同前露天大戏台唱戏，草台班子唱《水帘洞》，学的是人家杨小楼。”

说罢便开口：

> 山高高四海遮碧天，
> 树木苍茫海气连，
> 洞外落下平铺地，
> 一轮明月倒垂天。

天字儿尾音刚上去，忽听有人哭响，近乎号啕。转脸去看，是剃头的郭天保。师父止住唱腔，问天保为何听见几句戏文便哭得如此伤心。天保说："我爹在天津府人称郭一刀，杨小楼来天津唱戏，我爹给杨老板剃过头。那时杨小楼还没出名，后来出名了，来天津唱《水帘洞》，还找我爹剃头。没找见我爹，让人给我娘捎了十块大洋。高师父一念白，想起爹给杨老板剃头来。"

天保在沟壕里说起了他爹郭一刀。

有一年，郭一刀给天津卫码头上的义和团剃过头，后来义和团败了，清廷捕杀义和团，有人把郭一刀给义和团剃过头这事说了出去。郭一刀也受了通缉，幸好逃得快，只身下了关东，在柳城落脚重操旧业，开了一家剃头铺，叫顶胜堂。清廷倒台后，郭一刀给家去了一封信。一晃许多年过去，再无音信。郭一刀离家时儿子天保才三岁。去年天保娘要天保来柳城找爹，走到半路让这伙匪给掳了。没想到师父一开腔，引动了天保伤心。

师父说："天保你别哭了，我不唱了，你准能找到你爹。"

人不唱了，风在唱。风还是个武生，舞刀弄枪地专割人脸。

天保说："裁缝把给女人买胭脂的钱借给我了，还

没还他呢。我把钱给了柳排长，让他把我送下山，姓柳的收了钱不认账了。”

师父说：“别瞎想了，裁缝死了。”

沟里人不说话了，都听风哭。

大伙儿心里明镜似的，窝在沟里，早晚也都要当炮灰的。

后来有了刨土声，冻土咚一声咚一声。

是高师父在刨土。

他想在沟帮上刨个猫耳洞出来。

老周说：“你这师父当得够格儿。”

高师父笑了笑，咚一声咚一声刨。

风哭得更响了。

天保在骂风，说风啊，你是不是死了娘呀，哭得这么恓惶，让人心里连点缝儿都没有。老周说你在那儿骂风，还不如来刨土。天保没来刨土，但也不骂风了。风就还哭。

天麻麻亮，老周从筐底荆条缝看山下，扯扯高师父袖子，说：“围山了。”

高师父去看筐底，山下黑压压都是人，山炮口都看得清。他说：“看架势是要打炮啊。”

大伙儿探出半个脑袋看过山下，从壕沟沿上出溜下来，软在沟里嘤嘤地哭。摸摸手摸摸脚，还热乎着的一坨肉，过不了多久都要成炮灰了。沉默着。风捧着一杆唢呐在呜哇呜哇地吹。

天保左看右看，头上都顶着一窝草。他摸摸裤腰，剃头刀子在皮套的木匣子里插着。天保说：“我给大伙剃个头吧，一个个灰头土脸，都没个人样子了。”

没人答言，有的摸摸头，不说话。

师父摸了摸头上草，说：“天保，你先给我剃。”

“只是没热水了。”

“没水就没水，剃了头，便是死了，也体面些。”

天保就操刀，先给高师父剃头。老周盯着天保手上的刀子，说：“天保你这刀子走得好，你爹不愧叫郭一刀。”

“我这手艺跟我师兄学的。”

说着话，哧哧走刀。师父剃完了喊黑雀。黑雀剃完了，老周说也剃一剃。一个挨着一个，就都剃了。头上有草的只剩了天保。老周说：“天保我给你剃吧，只是刀子没你走得匀。”

“我不剃了，我跟我娘说了，找到我爹让我爹剃。”

“这个好，你要把你爹找着，让你爹好好剃个头。”

天保攥着刀子，说：“这刀子是我爹留下的，当年我爹找孙铁匠打了两把，逃亡时他带走了一把。他离家时我还小，跟我娘说将来让我带着这把刀子去找他，见着这把刀子他才会认我是他儿子。”

他们在壕沟里干等了一个白天，没打枪也没开炮。以为这一天就要过去，盼着城里能送点吃的出来。没承想太阳刚落下去，山下咣咚咣咚打炮了。

师父喊黑雀抱着老妖钻猫耳洞，黑雀要师父钻进去躲，师父吼黑雀，黑雀就钻了。师父把木箱子挡在猫耳洞口，说：“黑雀，你记住了，只要洞里还能喘匀一口气，就猫在里边不要出来。”

老周似乎不怕了，他靠着沟帮子，端着一锅烟悠闲地吸着，说：“能不能躲过这一劫，就看这黑小子命有多大了。”

这群打杂的，抱着头蹲在壕沟里。炮没打一会儿，二道沟里的兵往城里撤，喂马的老孙跳出壕沟也往城下跑，没跑几步栽倒在了山上，不知是山下人打死的，还是城上人开的枪。没人敢爬出壕沟了，只能听天由命。炮弹在壕沟里外炸，气浪把人吹得爬不起来，有人让土给埋了。一颗炮弹在老周身边炸了，老周像团谷草飞起来，摔在壕沟沿上。高师父离老周不远，一块弹片切进了大腿根，他拖着腿爬到猫耳洞口，靠住被土半掩住的木箱子，抓把土糊伤口，土成了血泥，人就疼晕了。风让炮弹吓住了，烟一团一团地散不开。壕沟里堆满了土，高师父半身埋在土里，晕死着，其他人都没了活气儿。

黑雀在猫耳洞里窝着，抱着老妖，一起跟着山体在抖，洞若震塌了，他会和老妖埋在山体里。空气里混着炮烟，从一个土缝里钻进来，呛得黑雀和老妖死劲空咳，还不能把那个缝儿挡住，黑雀用小拳头撑着土缝儿，还要时不时把塌下来的浮土拨开。炮响一会儿不响了。不响炮，反而让他更害怕。炮不打了，是不是山下的兵要冲上山来了？黑雀窝在猫耳洞里，黑咕隆咚地吃着炮烟瞎猜。幸好有老妖在，是个伴儿。

不打炮了，不是山下的兵要冲上来，是一面白旗在城墙上挑起来，炮才不打的。山下不打炮，过了一会儿，城里的残兵灰头土脸地爬上城墙，每个人都把手举得很高，一个大兵拼命地挥动白旗。受伤的大兵疼得嗷嗷叫，比咣咚咣咚的炮响还吓人。

六

高师父从晕死中醒来，天已完全黑透，也不知啥时辰。

三角城里烧着火，山上吹着风，是这风把他哭醒的。兵们不知去哪儿了。他费了好大气力，才从土里挣扎起来，大腿根尤其疼，半块弹片插在那儿。师父一点一点挪开箱子，喊黑雀，没动静，用手刨土，把老妖跟黑雀从猫耳洞里挖土豆似的挖出来。风吹了脸，黑雀跟猴儿又活过来。师父一下子瘫软在沟壕里，他再也爬不起来了。

黑雀把师父搬到城墙下。城里还在烧，墙都烤暖了。师父靠着墙，牵着瞎老妖，屁股下垫了草，伤口崩开又流血，草就血湿了。

“黑雀，师父动不了，有铁锹，你去铲些土，把人都给埋了。”

“师父，都死了？”

“这么打炮，有几个能活下来的？”

“师父，你得活下来呀。”

“黑雀，去吧，都给埋了吧。”

黑雀就去了。

月上了中天，黑雀掩埋了这支打杂“敢死队”，跳过壕沟来见师父。

“都埋了？”

“埋了。”

“老周呢？”

“也埋了，从南往北数，他把头儿。”

“好歹都有个窝儿睡了。”

黑雀给师父看一样东西，是天保的剃头刀子。师父说：“没跟天保一起埋了？”

黑雀说：“我想带上它，找着天保爹。”

轰的一下，孟王塔烧塌了。火光先是一暗，接着红光又燃亮了。

“黑雀，你把箱子拿过来。”

黑雀拿了来，箱子上都是土，倒没坏。

“这箱子底是双层的，揭开上层的盖板，里面有吃的。摩云洞里吃的干饼子就是在箱底夹层里藏着的，还有一些钱，有些钱不知还能不能花出去。”师父说，

“要猴儿走江湖，木箱子都有暗格，藏钱，也藏些吃的。干窝头是老周蒸的，我每天掰下一块留着，想着哪天能救命。”

黑雀仔细听着。

师父吩咐：“你拿一块窝头，揉碎了，每个坟头撒一点，都别饿着走。”

黑雀拿了干窝头，揉碎开每个坟头撒了，回来见师父。

“黑雀，别人家在哪儿咱不知道，老周家咱知道，乌金塘边上的暖屯。你去给送个信儿。别忘了，还有柳裁缝，老周说柳裁缝住在油房胡同，门上招幌，就一家，好找。”师父说完，拍了拍身边，“来，你也靠着墙，坐下来陪会儿师父，还有小少爷，把箱子拉过来，都靠墙暖暖。”

黑雀把箱子靠了墙，自己也靠了墙，师父在中间。

师父让黑雀把箱子腾空，把里面的零碎用旧衣物包了。黑雀不明白师父要做什么，照师父说的做了。师父摸摸老妖，指指箱子。老妖乖乖地钻进了箱子。师父盖盖子前，摸摸老妖的瞎眼圈，老妖呜呜叫了几声，舔了舔师父手掌上的血渍。师父说：“老妖，我不叫你，你不能出来，你也困了，好好眯一觉吧。”

老妖哼唧了哼唧，真把独眼眯上了。盖上箱盖，师父对黑雀说：“黑雀，瞎老妖给我挣了半辈子饭，本来我要养它老，现在只能交给你了。”

黑雀说：“师父，咱得一起走，你说过的不散伙。”

师父说：“你坐下来，好好陪我坐会儿，再不陪师父坐一会儿，以后就坐不着了。”

“师父，你不走，我也不走，老妖也不走，谁都不走。”黑雀要去打开箱盖子，把老妖放出来，让老妖陪着师父。

师父摁住黑雀的手，说：“黑雀，它看见我死了，你就带不走它了。它太老，比师父还老，哪天它也死了，你挖个坑，好好把它埋了。”

黑雀不会说别的了，只会说“嗯”。

夜咋就这么黑呢，恁大的火咋就照不亮？

恁大的火把城墙都烤热了，咋把师父一点一点烤凉了？

黑雀不敢撒开师父的手，生怕撒了手，仅有的一点热气会流光。流光了就再也热不起来的。他死劲地攥着，手指像要抠到师父手掌的肉里去。

天亮了，黑雀还是不肯放开师父的手。快到中午了，他才把师父搬到了壕沟里，挨着周福。师父是龙口人，他想把师父的头朝向山东，可他也不知山东在哪里，差不多是朝南边吧。等到太阳出来了，黑雀伸着胳膊相好了方位，挪了挪师父的头，想了一想，在头顶的地上画了个箭头，写上“山东龙口”，哭着，一锹一锹把土盖上了。

过几年壕沟填平，再难找到师父的坟，得留点啥记号才行。黑雀在山上走了走，找到一片酸枣林，枣树上还零星挂着酸枣，黑雀采了十几个，埋在了师父的坟前，春上枣核发芽，过几年这坟上会长成酸枣林。他给师父磕了头，说：“师父，我会给老妖养老，有一口吃的，让老妖先吃。”

黑雀把衣服包斜着系在胸前，锅耳子系了绳拴在箱子上，把箱子背起来。老妖在箱子里哼唧。黑雀的眼泪又来了。他不敢停下，怕停下再也拔不动腿下山。

七

五顶山河流入乌金塘，乌金塘是个大湖。河岸浅滩杂生芦苇，风吹苇丛，黄色草浪起伏。黄昏时分，黑雀走过一个小村子，村子上空有淡蓝色的炊烟。村前立块青石碑，刻着“香炉山”。五顶山河岸竟藏着一个叫香炉山的村子，不知这村子与香炉山有无渊源。黑雀回身望向西南，香炉山在几百里之外。那时师父还在。回望来路，远处山峦起伏，已不知哪个山头是师父的安葬处。

黑雀多想遇见一个人，说说心里的悲伤呀。可除了他，河岸边毛毛道上空无一人。哪怕能跟老妖换换个儿，让他躲在箱子里哭一哭也好啊。风吹草低，飒飒有声，像落雨。老妖在箱子里呜呜得更响。黑雀不敢把老妖放出来，看不见师父，不知老妖会怎么样。老妖叫得越来越响。黑雀张大了嘴巴，把风吃进嘴里，这样耳朵边全是呼呼风声，别的啥也听不见了。

老妖不能老关在箱子里，他得把老妖放出来拉尿，还要喂些吃的，老妖一天没吃了。快黑天了，黑雀还走在五顶山河岸边。他不知这河有多长，只听周福说沿着河岸走，能走到乌金塘去。他要去乌金塘，给周福和柳裁缝的家人报丧。

找了个背风的土坎窝窝儿，黑雀把箱子撂下，把衣服包解开，看看天，这个晚上要在这里过夜了。

老妖叫得更凶。黑雀打开了箱子，盖子刚掀起来，老妖的头便伸出来。在箱子里窝久了，老妖的四肢不听使唤，只是呜呜叫，不停地转动着脑袋。它在找师父。黑雀怕它跑掉，拴上了猴绳。老妖很瘦了，轻得像个婴儿。黑雀抱出老妖，让它坐在膝盖上，摩挲着它的脖颈。

老妖四肢活泛了些，死劲挣开黑雀，趔趄着出了土坎窝窝儿，四外踅摸，没有找见师父，跑回来啪啪拍打黑雀的膝盖，往起拉黑雀。含了很久的眼泪含不住了，黑雀搂住老妖，脸贴着老妖的脸，眼泪疙瘩一个一个落在地上。黑雀说："老妖，师父死了，就剩我们俩了。"老妖听懂了黑雀在说啥。它原来是呜呜叫，听说师父死了，忽然嗷嗷嗷叫，面目都狰狞了，幸亏黑雀猴绳拽得紧，才没有让老妖挣脱。老妖挣不脱猴绳，来抓黑雀的手。黑雀把手臂举高，老妖一蹿一跳，够绳子。够不到，撕扯黑雀的裤子。黑雀不躲，让老妖抓。

抓了一阵，它不抓了，扯着猴绳，围着黑雀拉磨儿，缠来绕去，猴绳缠住了黑雀，老妖把头抵在黑雀腿间，一阵一阵地嗷嗷号叫。黑雀慢慢蹲下，摩挲着老妖的头。在山上匪兵打过老妖的头，有一块猴毛脱了，成了毛毛虫一样隆起的伤疤。黑雀说："老妖，师父不想你看见他死，才把你关在箱子里。"老妖只顾呜咽，黑雀一下一下抚摸着它。除了摩挲老妖，他真不知还能做些啥。

天就这样让老妖哭黑了。黑雀说："老妖，我们生堆火吧。"他用石块打了个窝，拾些枯柴来，点着了。火生起来，土坎窝窝儿暖些，老妖坐在地上，不哭了，独眼看着火苗。黑雀去河里砸回一些冰来，把锅架在石灶上烧。黑雀发现老妖瞎了的左眼让什么糊住了，凑近了看才看出瞎眼在渗血。黑雀忙找出马勃包，将黄面面儿给它抹在瞎眼上止血。

水烧开了，黑雀盛两碗晾着，把一块硬窝头掰碎了煮。等水晾到不烫，把一碗递给老妖，老妖不喝。黑雀说："老妖，你喝吧，你不喝，我也不能喝，嗓子要渴冒烟了。”老妖接过碗，吸溜吸溜地喝水。黑雀这才端起碗把水喝了。他看得出老妖难受。它喝完水走到土坎窝窝儿口，蹲在那里傻待着。黑雀没有牵猴绳，他知道老妖不会跑掉了。他撅了柴枝搅动着粥锅，好歹有了食物的香味。

黑雀把粥舀进空水碗，喊老妖来趁热喝。老妖不动，黑雀去把它牵回来，老妖见了粥碗，又呜呜嗷嗷的，黑雀不解。老妖去翻布包，又找出一只碗来。这是一只黑碗，师父用的黑碗。黑雀懂了，接过黑碗，把两碗粥分成三碗，把师父的黑碗摆在中间，这回喊老妖，老妖才端碗。

师父那碗粥晾在那儿，直到凝成粥坨。

夜深了，黑雀说：“老妖，你睡吧，我看着火。”老妖不睡，黑雀又劝老妖，老妖还是蹲在土坎窝窝儿口，慢慢才打起了瞌睡。黑雀把老妖抱进木箱子，箱子里暖和些。老妖醒了，要从箱子里出来，黑雀把师父的衣服包塞给老妖抱着，它才安生些。

火不能火，取暖，也要防狼。这荒郊野外的，谁知哪里会走狼呢？黑雀瞌睡一会儿，就醒了。醒来看见黑粥碗，他又哭。抹清了泪水，去拾些柴来，把火烧得旺

一些。他想看看老妖，很轻很轻地掀开箱盖子。老妖没睡，它也在哭。

黑雀盖上盖子。想了一想，想走。等了一等，劝自己等到天亮。没用，还是想走。弄灭了火，端起黑粥碗，背上箱子就走。风把锅子吹得咣啷咣啷响，手冻得猫咬似的。哪怕遇见狼也要摸黑走。不走咋办呢？夜还有那么长。只有走，风才能带走他的一些悲伤。

第六章 乌金塘

乌金塘地名考:

女儿河水流经宽阔河谷，汇聚成一片大塘，因塘底有大量煤炭，故此得名乌金塘。乌金塘水面阔大，也有称乌金湖的，南北、东西各长十余里，岸生芦苇。

远山上康熙年间便有开窑挖煤者。那远山形似蛤蟆，故此叫蛤蟆山。都说那山是乌金塘里蹦出来的蛤蟆精。这一带天上从未有天鹅飞过，塘里多养鸭子，鹅也少见，不知它在望啥。后来，挖煤的人经年累月挖山，挖断了蛤蟆的一条后腿，成了一只三条腿的蛤蟆，再也蹦不回塘里去了。

有句俗语：三条腿的蛤蟆不好找，两条腿的大活人还不有的是？这话在乌金塘没人说。

第六章 乌金塘

一

走到乌金塘镇街上，天刚好黑了。

镇街上有几家铺子还未关门，门上的灯笼让镇街不那么暗。铺子里的人看黑雀，一个孩子牵着猴子，像看新鲜景儿似的。黑雀走到一家酒馆门前，里面出来一个伙计，往沟里倒潲水。黑雀问油房胡同，伙计给他指了路。黑雀谢过，往前走了三个巷口，在第四个巷口拐了进去。

胡同里该是黑漆漆的，不像镇街上会有人家点灯。隐隐看见一户人家门上飘着招幌，看不清写的啥，黑雀估摸着是裁缝家。走过去，果然是裁缝家，招幌上竖写大字“成衣”，大字之上横写小字“柳记”。

黑雀正要叫门时，门开了，一个女孩提着一盏灯出来。女孩看起来比黑雀要小。她见黑雀身后还跟着一只猴子，忙提着灯喊她娘。

女孩的娘从屋里走出来，见黑雀站在门口，说：“菇茑，娘来挂灯，你去把吃剩的饼子拿半块来。”从女人的话里看，她是把黑雀当成了讨饭的。女人穿着蓝底白花的袄子，女孩一身红，跟她娘长得像。黑雀想不起这是个啥日子，要往门上挂灯。走进镇子时，除了临街的几家铺子挂了灯外，普通人家没有挂灯的。裁缝铺是小铺子，一般也不挂灯。

“要是渴了进屋喝口水吧，锅里有烧开的水。”女人说话声音很好听。

女孩菇茑把半块饼子拿出来，黑雀把饼子接了，却不知该不该把饼子收起来。菇茑娘看着黑雀没有要走的意思，说：“只有这么多了，你再到别家去讨些吧。”

黑雀还是不肯走。菇茑娘说：“真的只有这么多了。”黑雀把饼子还给菇茑娘，说：“我的箱子里有吃的。”黑雀把箱子打开让菇茑娘看。箱子里还有几块饼子和窝头，在五顶山河岸小村子里讨的。

菇茑娘觉着有点怪，走街串巷还不是为了口吃的，这个年月能讨出半块饼子的人家不多。这个孩子不但把饼子还回来，还翻开箱子让人看他的存粮。菇茑娘犯了寻思，黑孩子带只独眼猴子，不讨吃的为了啥呢？

菇茑说：“娘，我先去挂灯，我爹雀蒙眼，没有灯找不见大门。”

又说："娘，爹走一年多了，啥时候回来呀？"

"菇茑，你挂你的灯，你爹办完事就回来。"

黑雀心里一怔，难住了，不知该不该说柳俊生死了。

菇茑有些抓不牢挑灯杆子。有风，杆子晃得厉害，眼看着灯笼要掉下来，黑雀手快，帮着扶住了杆子。

"娘，我不用杆子挑着挂了，我站板凳上挂。"

菇茑搬来一只木凳子，踩上去把灯挂到门廊上。

黑雀看着灯说："挂盏灯，真好。"

菇茑娘听了，误以为黑雀不讨吃的，是想找个歇脚处，说："你要是不嫌弃，偏厦还能将就过夜，炕是没有，草捆子散开，铺在地上也能睡。"黑雀也正无处过夜，顺着话说："出门在外有个窝，能挡挡风就知足了。"

"出门在外都不易，菇茑她爹在外面也得求人，住一晚上又不亏着啥。"菇茑娘往里让黑雀。

二

菇茑娘捅开了灶下的火，往锅里添了些水，切几片姜放在锅里煮。老妖有些眼生，黑雀不停地摩挲老妖的头。姜水煮开了，菇茑娘盛了一碗，说："喝碗姜汤，驱驱寒气儿。"

黑雀端过姜水碗，把头埋在碗里，吸溜吸溜地喝着热姜水。他不敢抬头看菇茑娘，怕热姜汤喝进去会从眼眶冒出泪来。

菇茑捧出一个席篾编的小圆笸箩，笸箩里盛着羊拐，还有个小布口袋。黑雀见过这玩物儿，在荒草滩遇见的银花就有羊拐。菇茑要拉着他玩羊拐，黑雀说："我没玩过抓羊拐。"

菇茑还是把笸箩倒扣在炕上，抓起豆口袋抛起来，在豆口袋落地前，把一只羊拐翻过来。菇茑三五下把羊拐翻成了"包儿"向上。又三五下把"包儿"翻成了"坑儿"。

羊拐有四面，菇茑没几下翻了一遍。她把豆口袋给黑雀，黑雀照着她的样子，豆口袋落在炕上，羊拐才翻过来，要不接住了豆口袋羊拐没来得及翻。菇茑咯咯地笑。菇茑娘说："菇茑，你不要逮着个人就'抓子儿'，成天抓也没个够？"

"爹要在家，我跟爹抓，可爹也不回来呀。"菇茑气囔囔地把羊拐收到笸箩里，小声跟黑雀说，"这羊拐是

我爹用两块碎布头儿，跟肉铺家的女人换的。我爹刮去羊油，用手掌心给我揉搓了出来，我爹的手也跟羊拐一样光滑。”

黑雀想起了柳俊生的手，不是菇茑说的油光细腻，跟农夫的手一样粗，还裂着口子，生着冻疮。他不敢再看笸箩里的羊拐，这会让他想起柳俊生的手。

黑雀问菇茑娘：“婶儿，镇子上没几户人家挂灯呢？”

“菇茑她爹雀蒙眼，不点盏灯晚上找不到家。”

“菇茑爹每天都要很晚才回来吗？”黑雀想抽自己一个嘴巴，明知道柳俊生死了，还要问一嘴。

女人看了眼门上的灯说：“不是每天很晚才回来，是每天都盼着他能回来，走了一年多，连个影儿也没有，哪儿去了呢？”

许是家里来了个生人，菇茑娘叨叨起来。她说俊生好好的眼，一觉醒来就患了雀蒙眼，在镇上药铺抓了药吃也没见效，去城里的大药铺找郎中开药，一去就是一年多，出门后没有再回来。

打柳俊生失踪，菇茑娘就在门廊上挂灯。

菇茑娘说：“菇茑她爹雀蒙眼，不挂灯怕他找不到家门。”

“婶儿，别等了吧，这年头，兵荒马乱的。”黑雀话里有话。

菇茑娘说：“菇茑爹会回来的，我知道他这人，从来不惹祸，准是叫啥事绊住脚了，等事过去了，准回来。”

黑雀哑了。他带来的这个消息一旦说出来，这对母女的梦会彻底碎了。

“这门上的灯挂跟不挂不一样的。”菇茑娘微微摇着头说。

黑雀确定听懂了菇茑娘的话，忽然就想走了，还是把这个死讯烂在肚子里的好，让这娘俩等下去吧。菇茑娘不知道黑雀为啥突然要走，说好了在偏厦将就住一宿的。她说：“孩子，这黑灯瞎火的，你往哪里走呢？”

“走江湖的惯了，没黑天没白天，啥时候都能走。”黑雀说罢招呼老妖，背上箱子要走，心虚得有点像做贼，仿佛偷了人家啥东西。他怕过一会儿就改变了主意。

菇茑娘喊住黑雀，塞给了黑雀一把靰鞡草，说：“看你那双烂鞋都走开花了，找个地儿歇脚时用它絮絮鞋壳，这草比棉花还挡寒呢。”

黑雀接过靰鞡草，喉咙里有些哽，胡乱地点了点头。

走到巷子口，菇茑在背后喊他。黑雀以为忘下了啥

东西，回头见菇茑小跑着过来，手上提着一盏灯，说：“把这半块饼子带上，我娘说不能让你空着肚子走，还有这盏小灯，你走夜路也用得着。”

黑雀接过饼子和灯，是很小的一盏红纸灯。

“这盏灯是我娘教我糊的，纸的，别让雨浇了，小点，也能照个亮儿。”

红纸灯把菇茑的脸照红了。

菇茑跟黑雀说：“我爹叫柳俊生，你常年在外走，哪天要真碰见他，你告诉他早些回来，就说我娘想他。”菇茑塞给黑雀一张纸，跑了回去，跟娘并排站在门廊下。借着灯光，他在纸上看到了笔描的柳俊生像。

黑雀折好纸，连同靰鞡草一起塞进木箱，向菇茑娘俩摇了摇手，背上木箱和老妖，提着红纸灯拽开大步走了。红纸灯里跳动着小小的焰火，焰火里有菇茑娘俩的眼睛。他在心里叨念：“有没有这盏小灯不一样的。”

在外夜行的人，除去住店，最常过夜的是庙上和大户人家的门洞子。人生地不熟的，黑灯瞎火哪儿找庙门去。黑雀找了几家门洞了，有几户人家养着狗，还没到门跟前就汪汪叫，院里有人呵斥狗。狗老叫，主人会出门来，老妖也怕狗。黑雀找到一户人家的小门洞，不深，但能避风。黑雀听了听，没有狗叫。他吹了红纸灯，鸟悄儿放下箱子和老妖。人一静下来，又想起师父，要是师父在，不用黑雀操这个心。

三

好一片乌金塘，白亮亮的塘冰，连个边也看不到。

黑雀走进暖屯，一番打听，找到了周福家。两间土坯房，看上去随时可能会塌。门口冒烟，失了火一样，烟囱里的烟却冒得很稀。

土灶前坐着个老太太，看上去有一百岁了吧，头发蓬蓬的，像絮鸡窝的烂草，脸皮上堆着皱纹，让他想起板结的田垄。周福说家有一个老娘，想必这就是周福娘了。

"奶奶，你是周福的娘吗？"

"要喝水自己舀，水缸在屋角，水瓢在缸里，没吃饭呢你就再等等，一会儿粥就煮开了。"

"奶奶，你是周福的娘吗？"

周福娘站起来，晃了几晃，黑雀忙去扶。周福娘太

瘦了，黑雀捏着她的手臂，生怕把她的肉皮像老纸一样戳破。

“来，我儿，吃粥。”

这是哪儿跟哪儿呀，黑雀听不懂，一脑袋糨糊。

锅里只有点米汤。

黑雀拿出米袋子，把一小把米倒进锅里，这是周福偷着省下，给黑雀藏起来的。黑雀不问了，先煮粥。煮好后，给周福娘盛了一碗。

周福娘说：“这回死了也不屈了，没做饿死鬼。”

黑雀看着纸一样干枯的周福娘，眼泪下来了。自己比这个还饿的时候也有，可他没饿哭过。等周福娘吃完粥，黑雀说：“奶奶，你儿周福我认识，我来给你送个信，他死了。”

周福娘眼慢慢睁大，眼眶里一团白雾，说：“死了他就不会去赌了。”

“奶奶，你说谁去赌？”

“我儿哪儿都好，就是管不住手。”

一句话，像一把大锤子砸在了冰上，咕咚一声，黑雀掉进了冰窟窿。老周是个赌徒？老周说他在镇上卖煎饼时让匪兵抓走的。

周福娘说话颠三倒四，看上去脑子不好使了。她的话未必可信。这样想过，黑雀说：“他没去赌，他在镇上卖煎饼，让土匪抓去了三角城，炮弹炸死的。”

“我儿学好了，在镇街上卖煎饼了。”周福娘盯着黑雀看，盯得黑雀身上痒痒。

她又说：“儿呀，你摊了一天煎饼累了，睡吧。”

周福娘不跟黑雀说话了，进了卧屋，上了炕，虾米皮一样蜷缩在炕上睡。黑雀以为她做个样子，没想到真睡着了。这老人瘦，鼾声却响亮。一夜窝在人家门洞子里，哪里睡得着，光是冷也受不了。黑雀安顿安顿老妖，也窝在土炕上睡去。

也不知睡了多久，黑雀醒来，却枕着老人的腿。周福娘轻拍着黑雀，喉咙里咕噜咕噜像唱着什么歌。黑雀闭了眼，假装睡着。不知怎么，他一下子想起了很久以前，经过一个乡村时，一棵树下一个女人哼着歌，轻拍着怀里的婴儿。

周福娘说：“我儿，这回你得陪着娘住些日子，可不能屁股扎刺，炕都没挨又没影了。”黑雀本打算捅开烟囱就走的，这又没法走了，他只能顺杆爬：“不急着走，娘说住几天就住几天。”

四

土炕上连条烂被子也没有。炕梢儿乱着几条葫芦藤，从窗外爬进来，藤蔓和叶都枯死了，枯藤上结着大小几十个葫芦。藤和叶发黑，不是这一秋的葫芦。

一天过去，天黑了。没有灯，星星月亮也不亮，屋里早黑。老妖的左眼又有些渗血，黑雀撒了些马勃包面面儿。老妖打蔫儿，它想师父。炕头很热，黑雀不睡，若睡了儿回热炕，身板便不扛冻了，以后哪能总找到热炕睡呢？他把箱子搬到炕头，让老妖趴在箱子上，自己在炕边打横儿。

周福娘也没睡热炕头，抱着最大个儿的亚腰葫芦说开了话。黑雀想师父，睡不着，周福娘的话入了耳。

“葫芦啊，娘说见不着你就想，你跟娘耍花活，在这房檐底下种了葫芦秧，你说娘啊，葫芦在窗根底下，想了你就看看。打种了葫芦你就更不着家了，十天半月，有时三个月两个月，长了半年见不着你个人影儿。你去哪儿了？娘把葫芦秧领进屋，等着你回来收葫芦呢。”

黑雀眼窝热了，没板住哭。黑雀一哭，周福娘不再叨叨。老妖循着声，用瞎眼找黑雀。黑咕隆咚的，谁也看不见谁。好一会儿过去，堵窗的秫秸秆沙啦沙啦响，一会儿比一会儿密，原以为是风，待黑雀鸟悄儿趴在土窗台上，把手从窗洞伸出去，才知道不是风，是雪豆子密集地打在秫秸秆上。

风裹着雪从窗户缝吹进来，窗台上落了一层雪末子。后半夜屋子里跟外面差不多一样冷，黑雀不睡了，把老妖抱在膝盖上。老妖睡觉抱着师父的衣服包。他不知咋安慰老妖，闲下来便给老妖梳毛。

天蒙蒙亮，黑雀去生火。周福娘走到了户外，不知鼓捣些什么，忽然喊黑雀来看。黑雀到了院中，她指着烟说："你看你看，烟囱里飞出来鸟了，一只、两只、三只、四只，又一只。"

黑雀顺着她的手指看，一只烟鸟在烟里飘，飘着飘着散了。黑雀吸溜鼻涕，在雪地里跺着脚，说："娘呀，该进屋了，这大雪地的，快冻打挺儿了。"

"飞哪儿去了呢？"

"飞天上去了呗。"黑雀敷衍着说。

周福娘自顾自说："飞哪儿去了呢？"

“飞天上去了。”黑雀指指天。

“飞哪儿去也得飞回来呀，娘在窝儿呢。”

黑雀拢了嘴巴对着天空喊：“鸟呀鸟，你飞哪儿去了？你快飞回来呀，娘在窝呢。”

“快回家来呀，再不喝粥都凉了。”

黑雀又拢了嘴巴喊：“娘说你快回来呀，粥不喝要凉了。”

“你说娘想他。”

“鸟呀鸟，你快飞回来，娘说她想你。”

“再喊再喊，多喊几声就听见了。”

黑雀拢着嘴巴一声一声喊。

她捅捅黑雀说：“你站高处去喊。”

黑雀爬上屋顶，坐在烟囱上，烟囱口热着。村子让雪盖住了，乌金塘也盖住了。他拢了嘴巴，喊：“娘呀，我想你。”

接下来的日子，周福娘动不动就要看烟鸟。黑雀哄周福娘，得先拾柴，才能烧火，才能看烟鸟。黑雀带着周福娘去拾柴火。他还四村八屯地走，去讨些吃的回来。

老妖不能要，黑雀又舍不下，天冷，还让老妖睡箱子里，背着它一起出门去。黑雀也不白要人家吃的，他会学猴儿，又翻跟头又打把式的，每天都不空手回来。

五

乌金塘往东，一里半，就到了镇街上。

黑雀想去菇茑家看看，他惦着那对母女。他自个儿也只是个孩子，日子远没人家安生，吃了上顿没下顿，没准儿哪天就成了路倒儿，可还是惦记着。不为别的，他撒了谎，说不准这事的对错。有一回讨吃归来，转脚去了镇上，走到油房胡同口，看到菇茑家门上挂的灯，他看了好久，没敢走进去，怕遇见菇茑娘俩。

去又要找个由头。做件衣裳吧。看看自个儿，小花子，穿不起新衣。他想到了老妖。老妖想师父想得太蔫了，瘦得脱了不少毛，窝在箱子里还冻得发抖。给老妖做件吧，用不了几块布头。

黑雀走进柳家，菇茑见了喊："娘，耍猴儿的小孩又来了。"

她娘从屋里出来，手上捏着把木尺，认出了黑雀，说："你没离开乌金塘？还以为你那天晚上就走了。你是不是有啥事？我看你那个晚上就像有话。”

黑雀支吾几声，说：“我想给老妖裁件衣裳穿。”

菇茑娘见了猴儿，愣了一愣：“猴衣算戏服，咱只做成衣。”

“老妖要不动了，用不到戏服。它太冷了，我想给它穿点啥。”

菇茑说：“娘，你看那猴子，冻得哆嗦呢。”

菇茑娘说：“你自己穿得像个小花子，为啥还要给这老猴子裁衣穿？”

黑雀把跟师父要猴儿，师父死时要他照顾老妖的话说了。师父的死，黑雀说了瞎话儿，他不敢说到三角城，怕说漏嘴。菇茑娘说：“你师父没看错人，这猴衣我给你裁。你明儿个来取吧。”

黑雀说：“裁衣不要量尺吗？”

菇茑娘说：“我这眼就是尺。”

黑雀背着老妖离开油房胡同，又去了两个村子讨吃，天色向晚才回暖屯。第二天又去了油房胡同。菇茑见黑雀来了，捧着一件小衣裳迎出来，抖开正是一件猴衣，没有袖子，是个坎肩。黑雀抱出老妖，菇茑给老妖穿上，正合体。菇茑说：“咋样，我娘的眼是不是尺子?”

黑雀没有看见菇茑娘，问：“咋没看见你娘呢?”

“我娘去镇上商会了。镇上所有的铺子都去了人，要重修孟王塔，商铺都要捐些钱。”

“孟王塔? 三角城孟王塔? 离乌金塘几十里呢。”

“你也知道孟王塔?”

冷冬数九，一句话问得黑雀很窘，脑门儿冒汗。黑雀忙说瞎话儿：“前些时打五顶山下过，听人说。”

“三角城有伙匪兵，让官兵给收了，放了把火，把孟王塔烧塌了。”

“乌金塘人也敬孟王爷?”

“敬啊，我娘说，围着一方，百十里，都敬孟王爷。”

“都得捐?”

“没说呀，我娘说要捐，孟王爷心善，会保佑我爹回来。我娘说，等孟王塔修好了，还要去拜一拜孟王爷。”

“你去吗?”

“不知道我娘要不要去。”

“菇茑，你要去呀，多磕几个头。”

“到时候，我磨我娘，我娘疼我，准会带我去。”

黑雀拿出钱，给猴衣的钱。菇茑不要钱，说：“这

猴衣没裁整块布料，都是碎布头缝的。我娘说了，你带着个猴儿四处走，怪不容易的。”

“菇茑，你拿着，你和你娘也不容易。”

“我爹回来日子就好过了，我爹的手艺好着呢，会裁好看的旗袍。”

黑雀还要给，菇茑不收。她说：“你若在哪儿遇见了我爹，要他快点回来。”

黑雀不敢再说下去，抱起老妖要走。

“你知道我叫菇茑，我还不知道你叫啥呢。”

“黑雀，一只天上飞的黑不溜秋的雀儿。”

“黑雀哥，你说话好玩，你若走到哪儿，打听着了我爹的消息，烦劳你给我和我娘捎个信儿。”

“嗯，菇茑，我记着了。你也要记着，孟王塔修好了，你和你娘可要去五顶山上拜拜啊，你一定要多磕儿个头。”

“嗯，我记住了。”

黑雀走出油房胡同，回头见菇茑在门口站着。菇茑又瘦又小。黑雀向着菇茑喊：“姑茑，你和你娘每年都要去五顶山上拜呀，你要多磕儿个头！”

六

老妖有了衣穿，黑雀心安不少。看着老妖的衣，又常会想起菇茑和她娘。常看小红纸灯，却不敢把柳俊生的纸画像拿出来。

一晃年三十了。过完年，黑雀想走，乌金塘讨遍了。还有，剃头刀子在木箱夹层里藏着呢。他答应了天保，要去柳城。天大黑下来，黑雀把红纸灯点着了。过年了，也该有点红光。周福娘把灯要过去，提着灯出了家门。她说："得给我儿去送盏灯。"

黑雀跟在周福娘身后，走出了暖屯，走到乌金塘边上，她径直走了上去。不知走出多远，黑雀回头再也看不到岸，除了一盏红火，四围黑漆漆的。他忽然怕起来，这么走下去会迷路的。他喊："娘呀，咱回去吧。"

人在墨斗中，红灯弱如萤火，往哪儿走呢？大黑天困在塘上，后半夜冷起来，说不定会冻死。周福娘还在朝前走，黑雀心大慌了。老妖还在家呢，他答应过师父，不跟老妖分开。这茫茫大冰塘，天寒地冻，若起大

风，走不回去，会死在塘上。黑雀扯起周福娘往回走，没走几步，不辨东西，比掉进冰窟窿里还吓人。

忽然天空响了一个炮仗，是镇子人家在放烟火。追着烟火走，就能找到岸。可烟火瞬间就灭了，又不响了，又不知往哪儿走了。不过黑雀不怕了，子夜时分要接神，接神要放炮仗。

周福娘冻得发抖，黑雀搂着她，等着接神的烟火。

爆竹密集地响了，烟火在远处天上开了一个花园。要抓紧走才行，烟火灭了，又要在冰面上过夜了。黑雀背起周福娘，一老一少迎着满天烟火走去。

周福娘趴在黑雀背上，又叨叨起来，只一句话："也该回来了。"

烟火灭了，神来到了镇上。

黑雀没看见神，但他看见岸了。

回到家，黑雀先找老妖。老妖蹲在箱子上呜呜叫。深更半夜，黑雀不知去了哪儿，加上爆竹响，老妖吓到了。见黑雀归来，老妖跳下箱子，黑雀慌忙抱住。黑雀差点哭了。老妖呜呜叫，舔着黑雀的脸。

锅里热的窝头凉了，黑雀重又点火烧灶。有了火光，屋子里暖些。锅里有了水声，他揭开锅盖，把窝头抓在手上吹气，又喊：“娘啊，老妖，过年了，窝头蒸热了。”

老妖没吭声。周福娘声音很响。

“娘等着呢，哈喇子流到下巴颏了。”

黑雀把半热不热的窝头给老妖吃。他坐到炕边，掰了窝头喂周福娘。这块窝头不是黑雀讨来的，是山上周福蒸的，黑雀一直留着。黑雀说：“娘呀，这是儿蒸的，吃着香吧？”话一出口，黑雀眼泪簌簌落，自己真成了周福。

七

天麻麻亮。

“娘眼皮打架，苇篾都支不住了。”周福娘说罢抱着大葫芦睡了。

红纸灯在窗台上摆着，蜡火却早灭了。

周福娘说着胡话，又在喊儿。

黑雀没躺着，靠着土墙，抱着老妖。老妖还没有从惊恐中缓过来，瘦得不堪的身子，一直在抖着。

黑雀太困了，他真睡着了。

黑雀离开了乌金塘，经过一个山坡，有个新坟，一个看起来比他大几岁的愣头小子哭得泪人似的。听那人在哭娘，他也鼻涕一把眼泪一把地抹起来。那人听见身后有人跟着哭，哭得比他还伤心，止住哭声，问黑雀为啥哭。黑雀说我也不知道为啥哭，见你哭得伤心我就想哭了。愣小子说坟里是我娘我娘走时我跟掌柜的去山里贩皮货我没看见她最后一眼我对不起我娘所以我哭得伤心死了我要哭上三天三夜。黑雀说你接着哭，你哭你的，我哭我的。愣小子说坟里是我娘又不是你娘你要哭上你娘坟上哭去。黑雀说我没娘我从没见过我娘，我没见过娘我哭一哭还不行么？愣小子给黑雀搬了块石头，说你哭石头石头就是你娘。黑雀摸摸石头冰凉死硬的，他说这是石头不是我娘娘该是软软乎乎的才对。愣小子说你没娘你就是石头缝里蹦出来的石头就是你娘你哭吧没错。黑雀就摸着石头哭。愣小子哭坟，黑雀哭石头。哭着哭着黑雀还觉着不对，娘该是软软乎乎的才对，石头冰凉死硬的哪能是娘呢……

一急，人醒了，房子在，炕也在。

黑雀赤脚跑出了院子，一口气跑到乌金塘边，泪水江呀海呀似的冒着。他迎着风站在塘畔，拢住嘴巴呼喊：“娘啊，你在哪儿？娘啊，我想你了。”喊声让风给吃了。打小是个孤儿，他从不知道娘。这个梦，让他有点知道娘是个啥了。

从乌金塘回来，周福娘在门前等。她说：“年前回门口，年后往外走。儿呀，年过完了，你该走了，去卖你的煎饼吧。”

“娘呀，要这么说，儿走了。”

“我儿，你把红纸灯带上。”

“娘呀，我给你梳梳头吧。”

没有木梳，黑雀把十根黑手指叉开当了梳子，给娘梳了。梳下来的白发揉成了一小团儿，藏了起来。

“娘呀，我走了。”

黑雀只带走很小的一块干粮，余下的都留了下来。

天上有一疙瘩一疙瘩的云。他是走在地上的云，风吹到哪儿是哪儿。黄烟囱在冒烟，烟里没有烟鸟，屋上却有麻雀扑棱棱飞过。

第七章 白狼河

白狼河地名考：

白狼河发源地在白狼山，水源为山北半腰的滴水泉。

相传白狼山上有白狼，不生一根杂毛，白狼皮为上等奇货。朝廷纳贡白狼皮，猎人结队来白狼山上，猎杀白狼。猎到只剩最后一只白狼，是只母狼。母狼肚中孕着小狼，它跪在猎人面前，乞求一条生路，可猎人还是杀死了母狼。母狼咽气前眼中泪水滴下，白狼随即化作石坨，眼中滴泪不止，流下山谷，成为滔滔河水，唤作白狼河。也有一说那狼石不是母狼幻化，是母狼生下小狼藏于石洞，母狼死后，小狼趴在山腰，呜呜哀嚎，泣泪成河，化作了石坨。

白狼河产奇鱼，名曰穿睛鲫，此鱼只有一个眼珠，左右眼管相通。穿睛鲫为进贡之物。下游有渔村网户屯，是专为朝廷捕穿睛鲫的渔夫们居住地。不知何时起，穿睛鲫捕捞绝迹。

白狼为口传，穿睛鲫却是真物。白狼山岿然耸立，白狼河滔滔不息，但旧谚“穿衣白狼皮，食鱼穿睛鲫”，却只能记载在典籍里了。

一

走到温滴楼，老妖咳嗽不止。黑雀在篾匠铺买了副挑筐，一头老妖一头箱子挑着走。太阳有些晒，扯些大叶子盖住挑筐，让老妖歇凉儿，黑雀自个儿编个草圈子戴，想想这挑筐一头绿不好看，又扯了些叶子盖住箱子。这挑子就好看了，像随人走着两筐瓜秧。

十几天过去，老妖不但没好，咳还带上血丝了。走到三仙镇时，筐底沁了不少黑血。得找个药铺了。药铺在镇子边上，筒子房，一间铺面。药铺就叫三仙堂。听铺名不像个药铺，倒像座非僧非道的野庙。药铺一般都悬匾，这个药铺没有，酒馆似的挑了个布幌子。

没进药铺，药味先出来了。黑雀敲敲门框，进了铺子。柜台后站着个老头儿，戴着黑边圆眼镜，拿小戥子在称药。柜台上有个乌黑的算盘，算盘珠子乌亮，七八张四方块黄麻纸在柜台上铺开，每张纸上有几样药。老头儿看了黑雀一眼，又接着称药。黑雀没敢造次，站在柜台前等。

抓完药，老头儿噼里啪啦打算盘，说：“看病还是抓药？”

黑雀掀开了瓜叶子。老头儿看是只瞎猴儿，脸色立时阴下来，挥手说：“快担走。我洪子诚在三仙镇住了六十年，三仙堂都快满百岁了，还从没给牲畜看过病。”

黑雀梗脖子说：“这是老妖，不是牲畜。”

洪大夫转出柜台，把挑筐拿到门外：“三仙堂只给人看病。”

黑雀坐在门槛上耍赖。

洪大夫说：“你就是把门槛坐平了也没用，给猴儿看病这事传出去，我这幌子得摘了。还有，小子，这猴儿你趁早丢开，这咳血的病过到你身上，你也得咳血。”

老妖又在咳了，筐震得抖抖颤颤的。

洪大夫胡子撅来撅去，眉头皱成一团，说：“你再不走，我要喊人了。”

黑雀撅屁股给洪大夫跪了，说：“我给您磕个头吧，好歹给抓服药，吃好吃歹不怪您。”

街上来了个年轻人，是洪大夫的徒弟卢青。洪大夫没儿没女，一辈子悬壶济世，收卢青也是为养老。卢青回家看爹娘去了，才从家回来。卢青走到铺子前，见一个破烂小子在耍赖，以为是讨饭的小花子。卢青没问，跟着师父进了药铺。

洪大夫要卢青把门关死，他说："这黑小子挑来一只老猴子，咳血，这病咱三仙堂治不得。要是那个黑小子咳血，三仙堂不能见死不救，要是给猴子治病传出去，咱这药铺幌子还挂不挂？"

卢青挠挠头，见师父的脸色是真不想治，就说："晾他一会儿，他就该走了。"

洪大夫让卢青整理药柜，自己到后屋看医书去了。

一会儿洪大夫从后屋出来，向着门口使眼色，卢青领会了，把门拽开条缝看一眼，又关上。卢青向师父苦笑一下。洪大夫又踱回后屋去。等天完全黑下来，洪大夫从后屋捧出来一本医书，撂在柜台上，说："卢青，你学学这个方子。"

卢青答应了，接过去，洪大夫又说："治咳血病，还得数芍药镇的沈掌柜，咱三仙堂不及人家百草阁。"

卢青看师父给的医书，那一页正好是个治咳喘带血的方子。卢青掂量着医书，在柜台里走来走去，他懂了师父的意思，拉开药匣子，一味药一味药地抓，小戥子称好了，抓了十包药，包了一个大包。想起师父说的百

草阁，又把师父的话写了纸条塞在纸包里。卢青拉开门，把一大包药丢给了黑雀。见是纸包，黑雀猜到了八九，闻一闻，有药味。

黑雀在镇外找个树林子，搭上石头炉子，给老妖煮了一包药。过了一夜，他挑着担子又回了镇子，但没回三仙堂，逢人打听，找识字的人，人家说让他去找私塾馆的陈先生。有两个字黑雀不认识，他把纸条给了陈先生。陈先生说让你去芍药镇百草阁找沈继山。

黑雀问："沈继山是谁？"

陈先生摇着纸扇说："沈继山是个老郎中，八十几岁了，前几年我还去那儿看过病，比三仙堂的洪大夫手段高，洪大夫跟他还学过几天医术。"

黑雀明白了，这是洪大夫暗中给他指的去处。他问："先生，芍药镇咋走？"

"出了三仙镇往西北走，少说也要走上二百里，要过一河两镇三沟，渡过白狼河，过松花镇和碾盘镇，走上老头沟、腰老头沟和下老头沟，过了下老头沟再走三十里才到芍药镇，老头沟里有狼，听说还有豹子。"

"先生，难走我也要去芍药镇。"

一看黑雀的行头，陈先生就知是个走江湖的，问黑雀为何要涉险去芍药镇，往东北走能去奉天，打把式卖艺耍猴儿摆摊儿，可比去芍药镇强。要不把猴儿丢了，往西北走进科尔沁蒙古草甸子，去帮蒙古王爷放羊也能活人。

黑雀讲了实情，独把三仙堂的事藏了，却瞒不过陈先生，他认识卢青的字，卢青跟他念过三年书。他对黑雀说："这猴子咳血，你该把它丢了，这病过到你身上，小命儿没准丢了。"

黑雀一字一板地说："老妖是我亲人。"

他说出每个字，都像咬一颗豆子。

陈先生回屋写个字条，给了黑雀，说："你到白狼河边往上游走，一路打听到西石湖村，有个使船的老蒋，人称水老鸹，这人义气，你让他摆船送你过河。这个时节没有船，别说走老头沟，白狼河你都过不去。"

谢了陈先生，黑雀揣上字条便走。

太阳又毒辣了些，他在帽圈子上又加了几把草，草穗子支棱着，走起来颤颤巍巍。

二

白狼河是黑雀进入关东后，见过的最大的一条河。陈先生说得没错，没有船是断然过不去的。

找到西石湖村，问使船的老蒋，谁都认识，说在河边码头上。黑雀去了码头，见一只小船靠岸，系在一棵柳树上。船里站着个精瘦的汉子，这汉子赤着上身，黝黑的皮肤上散着疙疙瘩瘩的白斑。

黑雀走到船近前，撂下挑子，摇着一片大瓜叶扇风，说："你是老蒋吧，我该叫你蒋伯。三仙镇的陈先生让我来找你，他说你心善，还仗义，准能把我摆过河去。"

老蒋看着岸上的黑小子，口口声声说着陈先生，再望几眼，还是看不出在哪儿见过。他说："你是谁呀？白狼河上可没这个规矩，平白无故为啥摆渡你，白狼河边上谁不知我跟陈先生好。陈先生心比我善，但话少，不会跟你说那么多。"

黑雀从怀里取出字条，递给老蒋。老蒋看了字条说："这个陈先生，读书读迂了，他又不是不知道，我不识字。"

黑雀心有些凉，老蒋不认字。可老蒋说："不过陈先生的字我认得，这纸条是他写的。"

这下黑雀才放下心来。老蒋吸着一口烟锅，可锅里没烟，干嘬烟袋嘴儿，嘬了几口，说："你过河干啥去？看你这副担子，不像杀猪也不像剃头的学徒。"

"我是个走江湖耍猴儿的。"

"猴儿呢？"

"猴儿在筐里。"

老蒋来了兴致，跳上岸。黑雀掀开筐给老蒋看，老蒋眨眼如鸡啄米，说："活猴儿还是死猴儿？"

"还活着，只是病得厉害，要去芍药镇找百草阁的沈先生。"

"去百草阁？陈先生没跟你说，要走一河两镇三沟？"

"先生说了，可再不好走也要去，师父要我照顾好老妖，我不能看着老妖就这样咳死呀。"

"你师父？在哪儿呢？"

黑雀捞干的，把与师父有关的过往说了。老蒋听得直嘬牙，他说："你赶得不巧，松花镇有两伙大兵在对

峙，听说有几千人马呢，大炮都架上了。”

听老蒋说松花镇过不去，黑雀急哭了。好歹知道百草阁能治这个病，还让兵挡着过不去。老蒋晃着精瘦的胳膊说：“不就是一只猴子吗？人老了也得死，这猴子换成人该七老八十了，哪儿死哪儿埋了，也没算亏了它。”

老蒋又说：“小黑雀，别哭，你坐下，蒋伯保准给你送去芍药镇，去芍药镇走一河两镇三沟是旱路，还有一条水路走，从白狼河往上，行船三天，到了养马甸子，从养马甸子走楼山，过了楼山就是芍药镇。”

“蒋伯，我走水路，求求你把我送去养马甸子。”

“你以为到了养马甸子就能到芍药镇？楼山可不是好走的，过楼山比走老头沟还险。走楼山要过石梯岭，”老蒋用胳膊比画着，“这石梯岭几乎是条直上直下的天梯，何年何月何人凿出来的无人知晓了，这时节山上还有飞泉，石梯在半腰就成了水道，三年前我走过，不好走。”

“蒋伯，石梯岭就是鬼门关，我也想过一过。”

“你真以为你是只雀儿，能飞过去？”

“我不想老妖死。”

“我正好打算明儿个一早开船，去葫芦嘴儿会个朋友，从葫芦嘴儿到养马甸子还要走一天，这段路得你自己走过去，到了楼山，石梯岭能过就过，不能过别逞能，你若硬过，有个好歹儿的，倒是我害了你。”

夜里在船头纳凉，老蒋说起了关东，他说关东水土养人呀，别看大冬天冷些，待久了也不想回关里了。

船头烧着艾火绳，黑雀喜欢艾烟味，在独自流浪的夏夜，不知烧过多少条这样的艾蒿绳，即便没有蚊子，他也喜欢烧一条，提着走夜路，火绳让风吹得亮亮的。黑雀常被乞丐们笑，他不理这些，走夜路还是喜欢烧艾火绳。

“蒋伯，我们点盏灯吧？”

“我可从来不点灯。”

“我有灯。”黑雀说着把小红纸灯找出来。这盏小纸灯做得很巧，不点了，折起来，要点了，灯骨架支开，灯就撑开了。黑雀点了红纸灯，水里有了红灯影。

“哪儿弄来的，怪好看的。”

“菇茑送我的。”

“菇茑是谁？”

黑雀一五一十说了。

老蒋一番感叹。

“蒋伯，你说我瞒下来，是不是做错了？”

“是我，也可能瞒下来。错不错的不要想了，你现在在白狼河上，离乌金塘二三百里了。人啊，有个念想儿活着，总比没个念想儿好，就像这盏小灯，你提着它走夜路，也照不了多大的亮儿，可有这盏灯，你提着，心就跟着亮堂。”

“蒋伯，你以后也挂盏灯吧。”

这是黑雀头一回在船上过夜，老蒋让他跟老妖睡船舱，他在船板上放挺儿。夜风起来，水浪拍打船帮，黑雀把脸贴在船帮上，浪也像拍打在他的脸上。

三

第二天醒来时，船已行在水上了，黑雀钻出船舱，不好意思地笑笑。看着老蒋精瘦的身子，他有些过意不去，说：“蒋伯，我来帮你摇船吧？”

“船可不是谁都能摇的，要你划，猴年马月也到不了葫芦嘴儿。”

“我好歹替替蒋伯，你也能喘口气儿。”

“船头有柴火，你来煮饭，摇不动了我喊你。”

黑雀去船头生火，从河里舀水煮饭。他没从船上的米瓮里舀米，倒了自己的米。柴烟飘在水面上，先是一绺一绺的，再慢慢铺散在水面上。

吃饭时，老蒋说：“船到飞花镇了，镇上有个大财主叫花旗龙。花老爷有个嗜好，爱养猴子，飞花镇进西山有个猴场，花老爷雇人养猴子，没事就进山看猴儿，有时也耍一耍，气得花太太寻死觅活的。”

黑雀听着好笑，有钱人真是想不透。师父养猴儿耍猴儿是为了行走，为了糊口，也是为了找他妹妹。黑雀看看老妖，老妖喝了三仙堂的草药，咳得轻些了。

吃过饭，船又走。老蒋攒着力气扯嗓子吼歌。黑雀搂着老妖吹风，挑筐倒扣过来，给老妖遮挡阳光。

砍大树，扎木排，

顺着浑江放下来，

拐过曲曲八道弯，

绕过弯弯十八拐。

为求生，不求财，

就等随时碰江崖，

任他浊浪冲千里，

随处死了随处埋。

黑雀问老蒋这是啥歌，吼得这么有劲。老蒋说这叫《放排苦》，浑江上的木把头和江驴子唱的。黑雀说，蒋伯也会唱这歌？老蒋说这算啥，我还会唱呢，听我唱。

哥在老林砍木头，

三九三伏不歇手。

只盼明年放江排，

给妹买瓶梳头油。

黑雀嘻嘻笑了，他说蒋伯你唱给谁的，蒋婶吧？梳头油给蒋婶买回没？老蒋听黑雀这么问，不说话了，加劲摇桨，瘦胳膊青筋暴露。黑雀心疼蒋伯，真想不出这么瘦的身子，何以有这么大的气力。从老蒋的神情里，黑雀恍惚猜出刚才的话扎到了老蒋的痛处，也不再乱说话了。

岸上有人喊老蒋："老蒋，船头坐着的是你儿子呀？"

"一个小兄弟，要去养马甸子，别看人小，义气着呢。"

"要说义气，谁有你水老鸹义气？"

"我这义气不算啥呀，比不得梁山泊的头领们。"

"水老鸹要是当年在梁山，宋头领也得给一把交椅坐。"

天摇黑了，在一处岸边系船过夜。老蒋说今儿个走了一天半的水程，明儿个起早点，晌午能到葫芦嘴儿了。

船头还烧艾火绳，俩人在船头坐着说话。

老蒋在天津卫码头做过事，义和团起了，老蒋做了坛口上的大师兄，跟美国人的洋枪队拼过命，后来慈禧派兵剿灭义和团，老蒋化名逃到了关东来。用老蒋的话说是林教头被逼上梁山，我老蒋是被逼下关东。

老蒋一口气逃到浑江边，先是进了老林子砍木头，后来跟着木把头在浑江上放排。老蒋说放排就是到阎罗殿走一遭，顺江走排死人是常有的。过恶河和哨口，木排撞了山崖或者江里的暗礁，木排起垛了，人被甩到江里，十有八九活不成。起垛了，要找挑垛的。有一回老蒋的排在四片石起垛了，老蒋没找江边吃排饭的，仗着

身手好，自己冒险挑了垛。

老蒋没回山里，在四片石哨口当了挑垛的。他身手好，水性大，来往放排的不喊老蒋，送他绰号水老鸹。挑垛的来钱快，可也是拿命换钱，哨口岸上埋着坟，多是吃排饭挑垛送了命的。

不久后哨口来了一个女人，这女人叫黑鹞子，也是好身手，来江边吃挑垛这碗饭。女人挑垛，真是奇事。黑鹞子挑垛不输给水老鸹，后来还嫁给了老蒋。一回老蒋被请去五十里外锅坑哨挑一个“死垛”，回来见家门口围着人，进门才知黑鹞子挑一个垛，失手了，扎进水里，人不行了。黑鹞子闭眼前跟老蒋说，你去把垛挑开，挑开这个垛，你就走吧，以后别吃这碗饭了。

老蒋含泪把垛挑开了，木把头给了双份钱，老蒋把钱撒到江心，离开了浑江边。他来到白狼河上，买了条船，在河上往来过活。老蒋出了名地仗义，一条白狼河，走到哪儿都有饭吃。

“你可别小看了白狼河，比不得浑江大，可也有几十个大小码头，哪个码头我都能说得上话，你要是在白狼河上遇到了难处，就说是西石湖村老蒋的朋友，准有人照应你。”老蒋拿出个葫芦，“我没埋她，带在身上呢。”影影绰绰可见，葫芦上刻着一只黑鹞子。

又说了些别的。黑雀忽然说：“蒋伯，你知道柳城在哪儿吗？”

“你找柳城做啥？关东这么大，哪儿耍不了猴儿。”

“我去柳城见一个人，送一把刀子。”

“刀子？”习武出身的老蒋听见说刀，来了兴致，把刚刚说起黑鹞子的感伤暂且搁下。

“一把剃头刀子，我说我师父在三角城死了，没说这把刀子。”黑雀搬来箱子，从夹层里把剃头刀子取出。老蒋接过去，借着点艾火绳的红火，端详起这把不太起眼的刀子。

黑雀说起天保和郭一刀，老蒋忽然嘴巴里嗞嗞地响，他说：“我听说过这个郭一刀，天津的剃头匠里有这么一号，原来这是他的家什，他也下了关东？”

“也不算他的家什，这刀打了两把，那把郭一刀带着呢。”

熟悉刀剑的老蒋，看出了这把小刀子的锋利，他让黑雀把红纸灯点上，老蒋薅下几根毛发，让黑雀上眼。毛发挡在刀刃上，老蒋一吹，毛发无声断了。老蒋说：“这就是传说中的吹毛利刃。”

“吹毛利刃?”

“看过《水浒传》没?”

“没。”

“可惜了,《水浒传》杨志卖刀,他那口刀便是吹毛利刃。”

“杨志卖刀知道,在戏班子里打杂,听过不少戏,有一出便是《杨志卖刀》。”

下雨了,黑雀把纸灯吹灭,提进船篷。老妖依旧蔫着,倒不那么咳。雨打着船篷,睡不着。船头艾火绳早让雨浇灭了。老蒋说:“我给你讲鲁智深吧。”轻轻咳嗽一下,“梁山好汉,我偏爱鲁智深,等哪天我这只老蚂蚱蹦跶不动了,找个庙当和尚去。”

在雨打船篷声里,老蒋说起鲁智深,滔滔不绝。黑雀在黑暗中想起师父,师父要是活着,准能跟老蒋说到一块去。

四

次日天明,照常早起行船。天近晌午,行到了一处河汉子。

条石垒的码头，水面上泊着十来条船，几十个汉子嘻嘻哈哈，拖网的拖网，修船的修船，见老蒋划船来了，扯着嗓子喊老蒋。黑雀看河汉子是个葫芦口形，就知到了葫芦嘴儿了。黑雀站在船头说："蒋伯，到葫芦嘴儿了吧?"

老蒋说："到了，下船。"

抛了缆绳，岸上人扯住系在桩上，船拢了岸，老蒋先跳上去。岸上人跟老蒋打着招呼，有叫水老鸹的，也有叫花猴精的。听到花猴精，黑雀在心里笑了，这个绰号还真形象。

船把头是个黑汉子，招呼老蒋跟黑雀吃饭。黑雀挑着担子说走，萍水相逢咋好意思吃人家的。老蒋说吃了再走，饿肚子也走不快，这都是我朋友。黑汉子来拉黑雀，说走江湖的都亲，不差这一口饭上。黑雀是饿了，真坐下来吃。

吃完了，黑雀说："我给大伙儿学猴儿吧。"

黑汉子说："学吧，有猴儿不要，要人，倒要看看你的本事。"

黑雀学了。黑汉子说："好，掏出些钱来给黑雀。"

黑雀不要，说："吃了大家的，没啥给的，学个猴

儿给大伙儿看。”

黑汉子说：“你端起饭碗我就有言在先了，走江湖的是亲人，谁也不差一口饭，你学了猴儿卖了艺，我们不能白上眼。”硬把钱塞给黑雀。

老蒋说：“小子，你拿着吧，这是船老大的心意。”

黑雀收下了，作揖回谢。刚走出几步，老蒋说：“还是从水路送送你吧，走水路天黑就能到养马甸子了。”

黑雀说：“蒋伯我还是走旱路吧，你一个人摇船怪累的。”

船把头喊过一个修船的后生，二十啷当岁，车轴汉子。船把头说：“老三你帮着你叔把这黑孩子送到养马甸子。”

老蒋说：“摇得动，不用老三跟着。”

老三手脚麻利，跳上船喊老蒋。老蒋跟黑雀也上了船，解绳摇桨，船激水浪，离开了葫芦嘴儿。在船上，老蒋给黑雀说：“这些使船的，也是下关东来的，春夏秋三季吃白狼河，到了冬季结冰封河，去查干泡找鱼把头钩冰鱼去。我不跟他们去，他们有家口要养，我光棍一人，入冬我就去会朋友。”

黑雀说：“蒋伯，啥叫钩冰鱼？”

老蒋说："这个你问老三吧。"

老三说："查干泡的冰比白狼河厚多了，四尺多，抱着大冰镩子把冰镩开，下网，把冰下的鱼网上来。"

黑雀说："头一回听说钩冰鱼，冰还能冻四尺多。"

老三说："小子，你走去吧，关东老大了，你没见过的怪事多着呢。"

老蒋说："老三，别小瞧人呀，这小兄弟走的地儿比咱多。"

黑雀说："要说走的地儿多，还得是我师父，四十来年，他把关东大地走了个遍。"

五

摇到养马甸子，天还未黑。船靠了岸，这里没有码头，绳系在一墩荆条棵子上。老三还在船上，老蒋扶着黑雀上了岸，说："紧走几步，天黑前能到石梯岭山下，打个歇儿，明天起个早过岭。你记住了，不要拧，石梯岭不是晚上过的。你不是雀儿，飞不过去，若不听话，不但到不了芍药镇，小命儿还得搭上。"

黑雀谢过老蒋，挑起担子就走。穿过养马甸子，走了五里进楼山，沟谷里有溪流，水流激荡，声声入耳。又走了约摸三里，到了石梯岭下。

夜已全黑了，黑雀去箱子里翻干粮，却见米袋子鼓着，不知是谁装满的，老蒋还是船把头？摸着米袋子，眼热心热。老妖已不吃东西了，黑雀啃点干粮垫了肚子。

月光升上山梁，石梯岭亮了。再看这岭，近乎直立，黑雀不禁也有些胆寒。影影绰绰见得岭似石梯，有凿出的脚窝窝。黑雀想石梯岭又不是景阳冈，挨到明天早晨也还是要过。担子是担不了了，他撅了些山榆条拧了绳，把箱子勒在背后，让老妖蹲在箱子上搂他的脖子。

起初不算陡，黑雀力气也足，爬起来并不吃力。等爬过了百余个石窝子，他觉出费力来了，只能憋着一股劲儿，弓腰俯身，一个念头闷头爬。不看上不看下，只看眼前一个个石窝。又爬过百余个石窝子，黑雀的手脚突突抖起来，手指死命抠住石窝子。再亮的月光也没用了，汗水杀眼根本睁不开。老蒋行船时说过石梯岭决不能往后看，一旦滚下去，铁人也能摔零

碎。汗风干了一些，他接着向上爬，不久岭上有了水了，从山梁上哗哗淌下来，石窝子光滑无比，踩不实又抠不住。黑雀后悔没听老蒋的，不该头脑一热晚上过岭，到底不是武二郎。

一脚蹬滑了，来了个马趴，他的脚离开了石窝子，人趴在山石上斜着往下滑。黑雀只穿了件单褂子，山石把褂子撕碎，肚皮在山石上擦。他下意识地伸出手，一把抓住了一条毛腿。黑雀咬牙忍疼，向上看才发现抓着的是老妖的后腿，老妖抓着一棵石缝间的树。爬上去几无可能，溜光山石除了几棵零星树和荆条，没有其他可蹬拽的。他死死抓着老妖，一人一猴吊在石梯岭上。恐惧没有赶走疼痛，肚皮火烧火燎。箱子还背在身上，更加重了他的负担。要是卸下箱子，缓一缓劲，借着老妖的力气，兴许能爬上去抓住那棵树。但卸下箱子，箱子会粉身碎骨，师父留下的衣服碗啥的，还有小少爷的长岁毛就都没了。

就在这时，头顶忽然落下一条绳，甩在黑雀鼻梁上，一股鱼腥味。

“抓住绳子，拽死了。”

是老蒋。

怪不得绳有鱼腥味。

黑雀一手抓着老妖，一手抓绳，斜着爬上石梯岭来。老蒋几乎没有停，一气扯着黑雀上了山梁。二人瘫软在山梁上，老妖趴在地上，不停呕血。黑雀泣不成声："老妖，你救了我，可是我害了你。"

老蒋听见哭声，说："话不能这么说，不为了救老妖，你也犯不着走石梯岭，你俩是一对苦命雀儿。"

天亮后，黑雀磨烂的肚皮结了血痂，他狠劲鼓肚皮，血痂有血珠点点冒出来。老蒋指着远处的镇子说："看得见的镇子就是芍药镇，快下山去吧，去晚了老妖怕没救了。它死了，你这一道走过来白折腾了。"

老妖没法蹲在肩头了，黑雀抱着老妖，问老蒋："蒋伯，你咋下石梯岭？"

"蒋伯会铁拐李倒下天梯。"

"蒋伯，我看着你下去了再走。"

老蒋哈哈大笑，说："白狼河上的水老鸹也是一只旱地虎，想当年义和团坛口上的大师兄，可不是谁想当就能当的，得会水旱两路的功夫。你哪天到了柳城，见着了郭一刀，你就说我老蒋想跟他做个朋友，得闲让他来西石湖村，我请他吃鲜鱼喝地瓜烧。"

黑雀应下了，不再说别的，与老蒋拱手作别。

六

芍药镇小，小到不像一个镇子，只是个大一点的村落。跟走过的白马石、乌金塘比，还要荒凉些。有名的百草阁，看上去也寒酸。房屋低矮，门庭老旧，窗棂纸破着，油漆斑驳。木匾脱了一颗钉，斜挂在门楣上。三仙堂够寒酸了，百草阁跟三仙堂还没得比。这寒酸倒与芍药镇相配。

一扇门开着，黑雀敲了敲关着的那扇，屋内空无一人，探头进去，药柜还在，只是蒙着尘。一会儿有了脚步声，后面出来个老头儿，手上拿着木匠使的刨子，头发上还挂着刨花子。

看这老头儿，没有八十岁。黑雀狐疑着问："是沈继山掌柜吗？"

老头儿打量黑雀，看装束是远路跋涉而来，说："那是家父。"

这不是沈继山，是他的儿子。

黑雀说："我找沈老掌柜看咳病，三仙镇洪大夫指引来的。"

老头儿说："洪子诚不知家父已仙逝了？"

一句话如同炸雷轰然作响，黑雀眼前发黑。夜走石梯岭为啥？险些跌落深谷丧命，千难万险到了芍药镇，沈继山却死了。委屈如潮水一般涌上来，他瞬间哭得鼻涕一把眼泪一把。忽然又想起来，沈继山死了，沈继山儿子还在，子承父业，医术也不会差。黑雀忙擦了泪，指着怀中猴子，说："请先生救救老妖。"

老头儿脸阴了下来，说："你说让我给猴子看病？百草阁可是只给人看病的。"

黑雀说："先生，这猴子是我的亲人，你救救它吧。"

老头儿往外赶黑雀，说："不要说百草阁不给猴子看病，就是看我也看不了，我爹的医技我一窍不通。"

黑雀说："先生，你骗人。"

老头儿晃了晃手上的刨子，刨子底面打着蜡，油光反亮，他说："我没说瞎话，打小儿对摸脉针灸开方子抓药我就厌烦，一闻到中药渣子味就反胃。我爱闻刨花子味，爱鼓捣斧锯锛凿，爱打个箱子柜啥的，投了师，学了木匠。你没看百草阁荒了么？过几天腾出手来，我就拆了药柜，搭上架子，把木匠家什挂上去。一个木匠家里到处是中药渣子味也不大像话。”

黑雀失魂落魄地离开了百草阁，准确地说离开了沈家木匠铺。

很快镇上人知道了，镇上来了个破衣烂衫的小乞丐，抱着一只行将死去的老猴，来找百草阁沈继山老先生求医。他走过镇街时，有人在树下檐下指指点点，还有几个孩子围上来，但黑雀听不见他们的笑。

忽听背后有人喊，回头见是沈木匠，小跑着撵上来，问："你这猴子卖不卖？"

"不卖。"

"不是我百草阁要买，清塘铺的江老爷托我爹买过老猴骨。江家大财主，有的是钱，这猴子看上去，也活不过一两天了，江家答应给响当当的光洋。"

"不卖。"

"你傻透腔了吧，卖了猴子你拿现洋花，何苦这么游魂似的走？"

沈木匠像只闹噪不止的黑老鸹，黑雀对他已厌烦透顶。黑雀吼了一声："你就是给我金条，我也不卖，你死了心吧！"

黑雀头也不回地走出了芍药镇，走进了乡间荒野。他把老妖抱得很紧，就像师父死去的夜里，靠在城墙下死攥着师父的手。他怕抱不紧，老妖立马会死。他心里明镜儿似的，老妖活不久了。

七

天气闷热，要落雨，得找个避雨处。

经过一个小山坡，有丈八长凹进去的窝窑，挖黏土挖出来的，有半间房子大。这像极了师父给他挖的猫耳洞，只是猫耳洞小很多。黑雀刚把箱子放下来，雨就下来了。这种雨是起暴天，来得猛，又大。黑雀忙把锅子放到雨里，去接些水来。

老妖米水不进了，黑雀的心咯噔咯噔的，眼皮跳得生疼。老妖不吃他也没吃，贴在耳边喊老妖，老妖有时会睁一下眼。他想逗老妖开心，在洞外翻起了跟头。翻一个喊一声老妖。翻完跟头，又学起了猴儿，学完翻出小少爷的长岁毛，在后脑勺上比画，说：“老妖你看像谁？想起来没？小少爷呀，白马石冯家的小少爷冯宝，病秧子，尿树尿不过我，后来也能尿过疤瘌节子了。”

黑雀在雨里淋成了落汤鸡，再去看老妖，老妖合着眼，嘴角似乎有一丝笑。

“老妖你笑一个，你不会笑看我笑。”

黑雀笑，却挤出了泪。

雨停了。

夜渐渐黑下，蚊虫多起来，黑雀烧了艾火绳挂在树杈上。湿气大，艾火绳烧得也蔫儿。黑雀想起了小红纸灯，点亮了。头顶土里有扎下的柴根子，黑雀把纸灯挂起来。

刚挂完灯，老妖忽然坐了起来，黑雀差点喊出声来。只见老妖翻开木箱子，捧出师父的衣服包，抱着睡下了。困意难挨，黑雀靠着土壁一下子眯着了。忽一下又醒来，去摸老妖，老妖还活着。

黑雀在窝窑里住下，哪儿也不走，好好陪老妖，老妖活几天，陪几天。他给老妖把剩下的药熬了，给老妖煮窝头粥，陪老妖说话。老妖药、粥都喝不下，连哼唧也没了。黑雀把师父死后憋着的话，全说给了老妖。说吧，再不说，老妖死了，还跟谁去说呢，说了也没人听得懂。

第三天的后半夜，老妖在黑雀怀里死了。像个老头儿，在睡梦里死了。黑雀没哭，把猴衣给穿上。红纸灯里珍贵的蜡头快烧光了。黑雀没吹灭蜡火，他想看着老妖，多看一会儿是一会儿。

天亮了，黑雀还在看。他在想，埋哪儿呢？这个窝窑不错，避风又挡雨。黑雀没动手。得给老妖找个好地儿。

守到太阳升起来，大地湿热难耐。黑雀一眼看见了猴绳，皮脖套磨得油亮。他一下子知道该把老妖埋哪儿了。老妖跟着师父在人前耍了一辈子，也拴了一辈子。老妖死了，埋林子里吧。

黑雀拾掇好箱子背上，抱起老妖，拨开青草茂棵，径直往山里走。山里深，越走树越多。黑雀看看山够深了，林子够大，站下，在一棵大树下挖坑。黑雀也不知啥树，叫不出名字。黑雀两手刨土，挖得够大了，把老妖安放进去。想想师父死后，老妖老抱着师父的衣服包，他把衣服抖开，盖住了老妖。

“老妖，这林子大，树多，这回没人给你拴绳了，你爱爬哪棵就爬哪棵。”

堆了土包包。

“我会学猴儿了，走到哪儿都能讨口饭吃，饿不死。我是看着你学的，你也算是我的师父。”

给老妖恭恭敬敬地磕了仨头。

“师父，老妖死没遭罪，它有这么大片山林子，你也能心安了。”

坐在树下，多陪会儿老妖，走也不差这一时半会儿。

黑雀拾掇箱子里的物件儿。

一个小皮口袋，师父留下的，相当于百宝囊，小刀子、小剪子、针线团、顶针儿、硫黄粉、马勃包，还有些七七八八的小零碎儿。不知道的，还以为这皮口袋的主人是女人。

看到硫黄粉，想起埋小少爷的晚上，师父在小少爷坟上撒过硫黄粉，师父说硫黄驱五毒，虎狼闻了也绕着走。黑雀倒出些硫黄，在老妖坟上撒了些。这下老妖能睡安生了。他多少有些后悔，忘了在师父坟上撒些硫黄粉。三角城不在密林中，又打过炮，该不会有狼出没了吧。

三张猴脸谱，两张小的是老妖的，一张大的是师父的，黑雀留着自己戴。烂帽子一顶，满是洞眼儿，能做个漏勺。长岁毛，木牌牌，还有三只碗，一只师父的黑碗，两只白碗，老妖的和自己的。猴绳也带上，是个念想儿。

迟早要走，走吧。

黑雀念叨了几回，终于站起来，恋恋地看看小土包，喊一句：“师父、老妖、冯宝，天不早了，上路了。”

第八章 青堆子

青堆子地名考：

无考，不知缘起。

庄河有青堆镇。传说唐太宗派薛仁贵东征高句丽，士兵在此登陆，登陆之处有一个小坨子，士兵称其为“堆子”，立四尺石碑于其上，碑上刻“青堆子”三字，作为标记，以便凯旋时从此乘船回家。

不知青堆子山与青堆子镇有无瓜葛。

第八章 青堆子

一

黑雀也不知去柳城该往哪边走，先出了芍药镇再说。打听得出芍药镇，不走石梯岭，不走老头沟，只能往西走，过西甸子，再走窟窿台，进蒙古草甸子，再往回勾着走，绕过三沟两镇一河，远了些，路好走。往哪边走都是走，黑雀不在乎多走几个镇子，哪儿都是讨口吃的。

黑雀走了西甸子、窟窿台，在蒙古草甸子边上的稍户营子勾回来，到了罗罗堡，往下走，没吃的讨吃的，吃饱了接着走，闾阳、胡家、八道壕、牤牛营子、魏杖子、迟杖子、冯杖子、周杖子、石门、拣金、高山子、左卫、右卫、东花、瓦子峪、巧鸟、聚粮、石佛、车坊、白庙、红墙子……

打离开芍药镇，黑雀弄了张老黄纸，烧根柴棍炭黑当笔，走一个镇子记下来，过一个大点的村子也记下来。他也不知记这个干啥，好多村镇只能是路过，不会再回来。晚上不管在哪儿歇宿，睡前拿出来看看，把该写下来的写上。有些字不大拿得准，照自己想的造个字，反正自个儿认得，又不给别人看。

二

黑雀一路走下来，走进了第二年的夏天，在老边八台打听得柳城所在。傍着柳条边墙往西北走三十五里，能到柳城。柳条边墙不是墙，是成行密实的柳林。大清还在时，边里是满族旗人，边外是蒙人，私自越边犯法，进出柳条边要走边门。大清亡了，柳条边也早废弃，不过柳树趟子还在，柳树还在疯长着。

这天晌午时分，远远望见柳城，黑雀不急着走了，打算在柳林里歇歇腿，喝口水，一气走到柳城。正歇着，来了一个小铁匠，二十岁上下。他挑着挑子，一头放着风匣、板凳，铁砧子，另一头有个箱子，箱子上坐个笸箩，笸箩里有煤。小铁匠席地而坐，先搭话，问黑雀做啥的。

“猴戏团。”

“哦，猴儿呢？”

黑雀拍拍箱子说："这儿呢。"

"这大热天，还不把猴儿闷死？"

"不闷，还有师父呢。"

小铁匠不解。黑雀打开箱子，指着黑白碗说："大的是师父，小碗是猴儿的，剩一个白的是我的。"小铁匠是手艺人，常在外走，懂了，黑孩子一个人。又问黑雀名字。

"黑雀。"

"巧了，我叫黑瓜。打铁嘛，成天生炉子烧煤，烟熏火燎的，白皮也熏黑了，一来二去的，大家都叫我黑瓜。"

"你知道顶胜堂吗？"

"柳城谁不知顶胜堂呀？"

"我上顶胜堂找郭一刀。"

"郭一刀？他死啦。"

"咋死的？"黑雀脑瓜子嗡嗡响。

小铁匠想说又把话吞了回去，最后说："这个你去问黑骆驼吧，他是郭一刀的徒弟。"

"顶胜堂在哪条街？"

"在城南顺城街，东边数第三家铺子，挑着幌儿，一眼就能看见。"

二黑起身，脚下加紧，进了柳城。

在主街分道时，小铁匠说：“你要找我，去城北的王麻子铁匠铺。”

三

到了顺城街上，一直往东走，老远见一面白布幌，写着顶胜堂。铺子里没客人，一个人蹲着，背对着门，背上拱起个包，像个驼峰，在磨刀布上磨刀。黑雀敲了敲门：“我找郭一刀。”

磨刀人停下，起身相迎，这人细高，脸瘦皮黑。黑雀说：“你是黑骆驼吧？我找郭一刀。”

“你认得我师父？看你这年纪，不大像能认识他。”

黑雀取出剃头刀，说：“你认得这把刀吗？”

黑骆驼接过去，只看了一眼，盯着黑雀说：“你是天保？”

“我不是天保。”

黑骆驼从一个立柜上，取下个黑皮匣子，匣子里都是剃头的家什，从里面托出个鹿皮包，包里裹着一个木匣子，打开木匣子，躺着一把一样的剃头刀子，只是磨得多了，刀口窄了，刀锋依旧。

“你不是天保，咋会有这把刀？”

“我是天保的朋友，天保死在三角城了。”

“我成天盼着天保能早来，取走这把刀。没想到盼来了刀，天保却死了。”

“你师父咋死的？”

黑骆驼不知这个黑孩子的来路，但手上拿着信物剃刀，想也不是外人，掂量着剃刀，道来实情。

“有一年冬天，土匪西北风来祸害柳城，买卖铺户事先把金银细软藏了。没抢到钱，西北风抓走了二十一个孩子，要十万大洋，去牛耳山赎人。十万大洋凑齐了，得找个人去牛耳山赎人呀，西北风杀人不眨眼，没人敢去。后来郭一刀找了商会马掌柜，要去牛耳山赎人。我师父走之前把剃刀给了我，他说拿着这样刀来的，就是他的儿子天保。本来到了牛耳山上，要放人了，数大洋时少了一个。西北风不差这一块大洋，他认为柳城人戏耍了他，说少一块大洋杀一个孩子。我师父说大当家的，这十万大洋装车时一个子儿没少，我这人嘴馋，半路上抠出来一个，在后瓦峪锅烙铺吃了俩驴肉火烧喝了碗羊汤，你把孩子放回柳城，要杀你来杀我，我这样回去没法见人。少那块大洋哪是他偷喝了羊汤，是西街聚源当的伙计马七财迷心窍，点数装车时偷揣起来一个。三百六十行，行行有祖师爷，天下的剃头匠有拜关老爷的，也有拜吕洞宾的，打我师父死在了牛耳山，柳城这一带的剃头匠只拜郭一刀。”

黑骆驼和黑雀一人手上托着一把刀子，刀刃子雪亮如银。

黑骆驼忽然想起什么，问黑雀：“光着急赶路了，你还没吃饭吧？我给你热碗饭去。”

饿是真饿了，在外走，讨饭好张嘴，在顶胜堂里，黑骆驼说给他热饭吃，黑雀倒有些不好意思。黑骆驼看出来，他说：“当年我跟爹下关东，也是吃千家饭才活下来的。”

一碗小米干饭，一碟酱萝卜。黑雀不记得多久没吃过干饭了，上一次吃还是在小少爷家。从一碗干饭看出来，黑骆驼人好，这年头，将小米干饭端出来给人吃，多大的情分。

“你为啥不用这把刀子？”

“这刀子太快了，一般手艺人耍不得，我的手艺还

没到火候，用不好，会割了人。我们这一行，别说割了人，擦破点皮，饭碗都要砸了，对不起祖师爷。”

黑雀细嚼慢咽，跟黑骆驼拉呱。慢吃不为说话，想好好咂摸咂摸小米干饭的香味，下一顿吃上这样的干饭，还不知猴年马月。这是个秘密，黑雀没法跟黑骆驼说。黑雀的吃相看起来很斯文。

说着说着，说到了柳城。

四

顺城街，十七家铺子，十三家下关东来的。中间最大铺子做药材生意，药铺马掌柜祖上山东济南府人。开当铺的佟掌柜是个满人，正白旗，跟马掌柜是儿女亲家。二百年前不这样，那会儿柳城满人多，汉人少，满人还欺生。

出柳城往西北走，有大山叫青堆子，不知埋了多少下关东人。康熙年间的事了，一伙下关东来的山东人来了柳城，活得难呀，这都好说，吃点苦没啥，可人病死了，要安葬吧，又不能送回山东。满人不让埋，城里城

外都不行，连乱葬岗都不能埋，说这是龙兴之地。这哪行，山东人里有个叫徐良的，历城人，跟秦叔宝老乡，胆子大，会武把式，是山东人的头儿，带着山东人在城里游街，不哭不闹，不砸不抢。那时柳城满人也时兴贴门神，徐良走到哪户人家门前，先倒身下拜，给秦琼磕头，磕完头，恭恭敬敬地把门神给请下来，你不让我们埋人，也别拿我们秦将军把门。这一来难办了，去找守备大人，当时柳城属于边城，知县没权，守备说了算。守备行伍出身，跟盛京将军沾亲，打心眼里敬佩徐良，两方交涉，可去青堆子埋人。就这样，下关东的山东人死了，都埋进了青堆子山。随着山东人多起来，满人也不再管了，可这些下关东的人，山东的、天津卫的、直隶的，还都埋去青堆子。后来徐良开了家历徐镖局，一口五金折铁刀，仗义疏财，名头也响，给盛京将军押过镖。有他在，没有山匪来祸害柳城。徐良死后，柳城人出大殡，一起抬上了青堆子最山顶。

“两百年过去了，柳城出了第二个徐良，我师父郭一刀。”

“你师父也埋在了青堆子最山顶么？”

“我师父没有坟，没人知道西北风把他埋在哪儿了。”

黑雀拿起郭一刀的那把刀子，轻轻地托在掌心，想象着这把刀子的主人。

“我师父剃头手艺好，剃头像变戏法似的，要来劲了，刀子在头顶上飞，纤毫不剩，头皮不伤。用马掌柜的话说，祖师爷赏饭吃。我不行，手笨脚笨，刀子耍不灵，我再学几辈子，也撵不上我师父。”

黑雀把天保的刀子也拿起来，并排放在手掌心，说：“天保为了找爹，死在了三角城，你师父到死也是想着天保，可惜他们爷俩见不着了，我们把这两把刀子熔了，打成一把刀子，埋到青堆子最山顶去吧。”

“你的想法好，只是可惜了这两把好刀。”

“郭家爷俩不在了，这好刀子别人也要不得。”

黑骆驼点了点头，他说：“双刀会，也算父子会，打成一把，父子连心，我师父和天保的心愿也算了了。”

当晚，黑雀住在了顶胜堂。

五

次日天明，黑雀要去铁匠铺打刀。

黑骆驼答应了双羊镇齐掌柜，要去齐家剃头，不送黑雀去铁匠铺了。他将两把刀子摆在柜案上，跪地上喊师父，磕了三个头，恭恭敬敬地把刀子收进木匣子，交给了黑雀。

送黑雀到街口，黑骆驼说："小黑雀，你这么走下去，啥时候是个头儿呀？关东大得没有边。"

"我打小就在外面走，我师父说他属驴的，天生是个走命儿，我可能也是个走命儿。或许哪天走到哪里，能站住脚活命了，扎下根，长成一棵树，也就不走了。没有这么个地儿收留我，还得走。"

"黑雀，我答应过我爹，带他的骨殖回老家沧州。这回我不用等天保了，上冻前我要回去。将来哪天你若回了关里，到了沧州，别忘了去找我，我没别的要的，还是剃头，好打听。"

与黑骆驼拱手告别，黑雀穿过好几条街，来到城北，找到了王麻子铁匠铺。炉子刚开火，小铁匠在呼哧呼哧拉风匣，铁砧子上坐着个中年人，猜是王麻子。

黑雀走过去，站在门口，冲着王麻子抱拳。这是师父教的，见着手艺人，要抱拳喊师傅，礼过去了，才好说话。黑雀说："师傅，我找黑瓜。"

小铁匠回头看见了黑雀，招呼黑雀找地儿歇着。铺里还有一个比黑瓜大几岁的，黑瓜冲那人说：“师哥，你替我拉会儿，我一会儿多抡两气锤。”

小铁匠出门来见黑雀。他让烟熏得更黑了。王麻子坐在铁砧子上，一直没说话。这是做师父的威严，轻易不会开口说话。

“小铁匠，你给我打口刀。”

“你要打刀？耍猴儿又不要刀。”

黑雀把刀匣子递过去，黑瓜接过来没敢看，递给了师父王麻子。这是铁匠行的规矩。麻子取出刀子，反复把看了两回，说：“这是郭一刀的刀。”

“这两把刀都是郭一刀的，求你给熔了，打成一把。”

“这好的刀子为啥熔了？掏心窝子说，我八辈子也打不出这么好的刀子。”

黑雀把为啥熔这两把刀子说了。

王麻子掂量着两把刀子说：“熔吧。”

又喊：“黑瓜，生火。”

黑雀纳闷，大炉子里火苗子烧得滋滋响，咋还说生火呢？

小铁匠把角落里一个箩筐搬开，有个小炉子。大炉子用来熔大件儿的，打小物件生小炉子。小铁匠麻利地把火生起来，还是拉风匣子。烧到火候，王麻子亲自上阵，把两把刀子熔了。

起初小铁匠一言不发，后来刀子敲打成型了，竟满眼都是泪光。

黑雀不知小铁匠为何如此动情。

新刀打成，王麻子要小铁匠送黑雀出城。出了北城门，小铁匠泪眼盈盈，黑雀不解。小铁匠说："让我给这把刀子磕个头吧。"

"为啥？"

"我就是牛耳山上郭一刀救下的那个孩子。"

黑雀攥着刀把子，小铁匠磕了头。

黑雀傍着柳条边往西北走，来到了青堆子山下。黑骆驼说得没错，一路上山，总能看见坟茔。有的坟茔很大，传了几代人。有的坟茔还是新坟，坟上只有草，没有长树。

山顶果真有一座坟，碑上刻着徐良的名字。黑雀先拜了三拜，跟大坟并排挖了坑，把新刀子盛进小木匣子埋了，刀头子向着关里方向。

"天保，想家了，你就骑在你爹脖子上，望一望天

津卫，你眼睛好使，看完了把津门码头上的热闹景儿，给你爹说说……”

从山顶下来，离黄昏还早。黑雀张着双臂在乡村土路上奔跑，一跳一跳地要飞起来。他用力拍打起了屁股，让自己成为一匹野马驹，在乡间小路跑得尘土飞扬。

黑雀跑到了三马镇。

一队鼓乐从镇外吹打而来，是镇上谁家在迎亲。十几个吹鼓手簇拥着花轿，披红戴花的新郎官，新衣新帽，骑着一匹黑骡子。骡子和花轿从他身边走过去，又拐过一条街进了镇子。他看着空荡荡的街口走神了。刚刚他听见有人说，小花子也想看新娘子了。

三马河岸上长满芦苇，青芦苇正在抽穗。黑雀蹲在水边照起了水镜子，他看到了蓬头垢面的自己，又惊奇地发现了身上的隐秘变化——下巴上有了稀疏的绒毛。他捧起水，一下一下洗起了满脸的尘垢。

黄昏时分，黑雀离开三马河岸边，在后背上插了几株青芦苇，扮作戏台上背插靠旗的武生。他又拍打起了屁股，这匹跳跃在山野间的黑马驹，摸着满头蓬蓬的乱发，忽然想找个好剃头匠，好好剃个头发。哪里有好剃头匠呢，要是郭一刀还活着，让他剃一回就值了。

回头望望青堆子，如在云里雾里。

六

去哪儿呢？这是黑雀问得最多，也是最犯难的事。无处可去，又无处不可去。走吧，走到哪儿算哪儿，也只能走到哪儿算哪儿。在三马镇之后，他又在老黄纸上写下了熊瞎岭、窦家庄、大荒地、小荒地、双堆子。

离开柳城是夏天，这一走，走到了深秋。

在猫眼河边，黑雀遇上了一伙下关东的，有四十几口子。这是跟师父耍猴儿之后，他遇见的最大一伙流民。夜宿在猫眼河岸边，一攀谈才知道，山东冠县来的，连年打仗，大兵走马灯似的，这伙打跑了，另一伙又杀回来，兵过地皮光，没法活命，从老家出走时有六十三人，一路上有几个会手艺的，沿路站下不走了。其余的人黑雀没问，估摸或病或饿成了路倒儿。

听说是山东来的，黑雀觉着亲，师父是山东人。他说：“我给你们学个猴儿吧，大家伙儿乐和乐和。”

人群里有个拿事的，都喊他九叔，他说："小兄弟，你还是别要了，我们连口吃的都糊弄不饱，可没钱给你呀。"

黑雀说："九叔，这个我不收钱，就让大伙儿乐和乐和。我师父也是山东人，我不是山东人，可我这点能耐是山东人教的，给山东老乡学个猴儿也学得着。"

四十几口子散在草里，黑雀招呼大伙儿。有人还卧在草里，黑雀一蹿一跳，学着猴步过去，学着猴笑，折了根草棍捅人家的耳朵，那人让草捅得耳朵痒，也不恼黑雀。

黑雀演猴儿偷桃，哪里有桃呢，一蹿一蹦，上了槐树，灵巧劲逗得人笑，黑雀跳下树来，手上真捧了个假桃。偷了桃，还要吃。一边吃桃，一边转眼珠，来回晃脑袋，嘴巴撮起来，还一鼓一鼓的，两个耳朵竟前后交替扇动。拢肩屈腿，夹杂着点地蹦、虎跳前扑的小跟头，身子轻，落地跟猫似的。学了偷桃、吃桃、献桃。草丛里流民看上去挺乐和，九叔说："小兄弟，学得挺像，那吃桃像真猴儿，除了学，你还会唱吗？"

黑雀会学不会唱，也不能说全不会，也会那么几段，比如师父爱唱的《水帘洞》，也教过几回黑雀。黑雀说："九叔，唱是不会唱，给大伙儿来几句《水帘洞》里的猴王念白吧，念白也只会几句，这里有行家的给提点提点。"

黑雀把那顶烂帽子翻找出来，又折了两根带穗子的黄茅草，横插在帽子的洞眼里，戴在头上装作纱帽，黄茅草颤颤巍巍形似帽翅。装扮好了，开口念白。

山高高四海遮碧天，
树木苍茫海气连，
洞外落下平铺地，
一轮明月倒垂天。
我乃美猴王孙悟空，
三百年前也曾漂洋过海，
去往西牛贺洲，
灵台方寸山斜月三星洞，
曾拜菩提老祖为师。
蒙恩师传授七十二般变化，
筋斗神云，
前者刀劈混世魔王。
重修花果山水帘洞，

三六九日排操之期，

子孙们，

排操上来。

这段白念完，茅草帽翅啪一下抖落，恰在好处。

九叔说：“我年轻时也撂地儿卖过把式，不能白让你要，不过钱没有一文，粮也没有一粒。”

黑雀说：“九叔，要之前说好来着，我动动筋骨，让大伙儿乐一乐。”

“一文钱难倒英雄汉，虽说囊中羞涩，可这猴儿还是不能让你白要了。”九叔翻来找去，找到两颗红枣，干得邦邦硬，九叔手上托着枣，伸给黑雀。

这是规矩，人家赏了，不能不接。黑雀接了，说了声：“谢九叔，瓜子不饱是人心，别看是俩枣，这份赏钱可不轻。”人群里有俩孩子，刚才看黑雀学猴儿，乐得吃了一肚子风，笑过后，木呆呆地看着黑雀。黑雀把俩枣托着，凑到俩孩子跟前，一人一个，俩孩子没接，看着大人。大人也不知如何是好。黑雀把一颗枣送到一个孩子嘴边，孩子眼睛眨巴着看爹娘，嘴巴张开了个小洞，黑雀把枣塞到孩子嘴巴里。孩子不敢咬，在口中含着。另一个孩子也张了嘴，也把枣含着。黑雀说："别嚼，硬，崩牙，当个糖球含着，别咽，看噎着。"

这一来一往，熟络多了。九叔耍过把式，见的世面也多些，没把黑雀当孩子。还有几个拿得起事的，围着说些闲话。说到去哪儿，九叔说："去宽城子，在白狼河口让老五去打听道，把路问岔了，正打听着往回勾着走。"

"宽城子有亲戚投奔？"

"半个亲戚也没有，两眼一抹黑，一群饿死鸟，瞎撞。"

"宽城子是大，可老远了，要不是非去宽城子不可，你们去柳城吧，柳城也大。"

"听说柳城是个大地方，山东人也多。我们也想过去柳城找饭吃，可柳城在哪儿？别没找到柳城，离宽城子倒远了。"

"我从柳城来，离这里不算太远，比去宽城子近多了。柳城街市兴隆，山东人占了一半，商会的马掌柜祖上山东济南府。城外有个青堆子山，埋了许多山东老辈儿人。山顶有座大坟，葬的是康熙年间历徐镖局镖头徐良。"说完觉着不对劲，青堆子山顶坟有两座，"山顶还有一个坟，埋了一把刀子，刀子主人叫郭一刀，是个

剃头匠。”

黑雀小嘴不停，讲了郭一刀牛耳山上救人。

九叔听了，说：“大侠徐良，在山东名声大，倒是郭一刀头回听说。”

黑雀把老黄纸拿出来，天还有些光亮，把纸铺在草上，给这些人指指点点，倒着往回数：“这里是猫眼河，我还没写下来，从猫眼河往回走，双堆子、小荒地、大荒地、窦家庄、熊瞎岭。”说到熊瞎岭，顿了一顿，看看九叔，“不要听熊瞎岭吓人，没熊瞎子，别往三马镇走了，从老边八台进去，傍着柳条边走，三十五里便到了柳城。”

黑雀说了三四回，九叔记得差不多了，他宝贝似的把老黄纸收进箱子。九叔说：“就去柳城，谁知哪块云彩会下雨，宽城子也不见得养人。”

“顶胜堂的黑骆驼估摸该回沧州了，王麻子铁匠铺小铁匠黑瓜还在，见着他替我带个好儿。”

“要不，你也跟我们回柳城，咋样？”

“你们去你们的柳城，我还得走。”

“你给我们指了条活路。大伙儿早歇着，睡不着也得眯着，明儿赶早往柳城走。”

九叔在草里走，挨个嘱咐。一会儿大伙儿便没了声，只剩下秋风在唱夜歌。黑雀找了个草厚地儿，躺下，箱子放在后背上，挡着点吹脊梁骨的夜风。往常夜宿，箱子要抱在身前，黑雀信得着九叔这些人，不会偷他的箱子。

第二天醒来，九叔领着人已走了。

箱子上放着根枣木棒子，是九叔的，手攥处磨得红亮。还压着一片老纸，也是炭黑字：“当个念想吧，学猴儿或许用得着。”

想来九叔一伙走得早，怕吵醒他，留句话，没有喊他。枣木棒子掂在手上，当棒要了几要。一根旧枣木棒，也是情分。向来路望一望，空无一人，九叔们走得远了。几年前的早上，在陌生村庄的打谷场上，他被遗忘在草垛里，那时他害怕成为孤雀，死皮赖脸地抓到了师父这根稻草。如今这根稻草没了，他自己是自己的稻草。

他把老黄纸翻出来，在双堆子后边添上了猫眼河。一路走来，从芍药镇起，一条短线一个地名地连成黢黑的曲线，在粗糙发脆的黄纸上七拐八绕。还不知要写上多少地名。

这曲线不是图，这是黑雀的河。

这条河会流向哪里，哪里又是这条河的尽头，黑雀看不到。

或许这条河没有尽头。

黑土地上的猴行者

李蔚超

李蔚超，鲁迅文学院助理研究员，北京大学中文系文学博士。做文学教育与当代文学史研究，及文学现象研究、作家作品评论等，文章见于各类学术期刊、文学报刊。有评论集《批评的左岸》《鲁院启思录》。

躲疫居家，我和家人不由聊起一些老大连的往事。

1940年，自天津卫闯关东而至大连的爷爷，和日本人、俄罗斯人、德国人、朝鲜人还有山东老乡们在一条名为“昆明”的街道上比邻而居。街坊老魏家太太小脚而富态，碎嘴子爱揽事。她与左邻右舍的肥城老乡大多沾亲带故，坐船回山东老家，她便顺带捎上一群半大惹闲的小子。真叫人生如戏，穿越渤海湾的船先遇上海盗，后又遭遇国民党捉丁，几个孩子被抓去，随国民党军队溃撤台湾岛。20世纪60年代，山东小子们自台湾岛寄钱回昆明街，家里人自然是不敢收的，直到80年代，他们才寻亲归来。据说，当天在街角处就能听到几户团圆人家的哭声，一别半生，恍若隔世。

怎么不出个作家，写写这条街上的事！我家老爷子感慨道。悬河的口水和他吞下的酒水大抵相当，大时代下每个人物的命运都是一波三折，令人唏嘘。我的小女儿侧坐在旁，听得津津有味。

20世纪的中国大地，处处沉睡着离奇而真实的故事，何处不需要作家？一百年来的东北，其特殊的地理位置，使它的土地上出现了许多铭刻中国巨大变迁的历史坐标、东北往事，与今天中国的地缘政治、国家安危密切相关。

《猴戏团》的作者张忠诚，同我一样，是扎根东北的关东客播撒在黑土地上的“种子”，被祖辈的传奇，舌尖上缠绕的未改的乡音，“胰子”、“布拉吉”之类的舶来语，齐鲁的礼俗，关外的朔风，辽阔的黑土滋养长大。他深知这片黑土地丰腴的土壤里，埋藏着中国故事和中国人的骨血精神，撒一把种子就能长出庄稼。

张忠诚是一位有志气的小说家，他决心讲一个给孩子的故事，记录这片黑土地和历尽千难万险在这里扎下根的亲人的历史。《猴戏团》以一百年前中国人口迁徙史上的“壮举”——闯关东为背景，讲述了流浪孤儿黑雀逃荒出关，为求生计，加入了一个江湖“猴戏团”，从此在东北大地上遭遇的惊奇历程。

逃荒，是故事开启的前提——作为小说家的张忠诚秉持还原历史的谨慎态度，把人物安置在异常贫瘠的窘况下。须知，对安土重迁的中国人来说，背井离乡地闯

关东不是为了实现“淘金梦”，而仅仅是为了“活下去”的生存要求，去关外，在广袤的、无主的黑土地上，找一块可耕之地，养活自己和子孙后代。于是，《猴戏团》注定不是《汤姆·索亚历险记》《绿野仙踪》《爱丽丝梦游仙境》等“白日梦”式的少年历险记，在那些奇妙迷人的故事里，汤姆、多萝西、爱丽丝们有家可归，小说叙事包裹着不容置疑的动力——孩子回家。然而，黑雀却不知道，天下之大，何处安身。整部小说里，张忠诚以考古精神去呈现一种纪实的模式，以插图、地方志、日记式的笔法串联起黑雀和“猴戏团”的行迹，然而，他与黑雀、与我们一样迷惘，关外沃土，山寒水冷，哪里可以给“猴戏团”一个安稳的家？黑雀只能一直走，闯，挨饿，受穷，卖艺，冒险，与和他一样的关东客相遇、相互扶持、诀别。黑雀唯有扛起“猴戏团”的旗，把关东客的精气神扛在肩上，继续走下去，在行走中成长为一个坚毅果敢的男人。

也许察觉了如上前提，才能体会到《猴戏团》蕴含的迥异于常识的特殊意义。譬如，今天我们熟悉的给予是富足的善心，是有余裕的慷慨，我有两支笔，不妨借一支给可爱的同桌。然而，我们无从想象一贫如洗时的

倾囊相授。“口水菜”、带着膻味的“羊拐”、“黑羊屎蛋儿”般的糖疙瘩，对黑雀、瓦瓦、银花这些逃荒的孩子来说，是救命的口粮，也是绝佳的美味，他们互相推让，吃一口，活下去。

今天，我们懂得爱家人、爱师长、爱友人。这些是伦理之爱，是切己的爱、与“我”相关的爱，事实上，爱他们，就等于爱自己。可是，我们无从想象无缘无故的爱。在中国文化里，一个高尚的人，除了“孝悌”“忠贞”之外，还应该注重追求儒家提倡的“仁义”。“义”，是超乎个人利益之上的道德范畴和准绳。在庙堂之外的江湖上，在千古文人侠客梦里，侠士们最讲究“义”。毫无血缘关系的兄弟，也能肝胆相照，一诺千金，士为知己者死。耍猴儿的艺人在传统中国社会体系中就属于江湖，他们有“义”，也有规矩，比如，“把式不空走”，黑雀给老高练了几下把式，老高就得给他口吃的，这是对怀有绝技的艺人的敬意。同样，艺人对技艺要回报同等甚至更高的敬意，耍猴人靠猴为生，人再饿，不能饿着猴子，黑雀抢了猴子老妖的食物，老高就得把他逐出师门。

民间社会里的“义”，有时甚至高于血缘连接的亲

情。《猴戏团》里，黑雀和师父途经一户富庶人家，妙趣横生的猴戏给身染顽疾的小少爷带来生命中难得的亮色，他与会“学猴”、机智勇敢的黑雀结下了跨越贫富的友谊。然而，好似贾宝玉的小少爷的“大观园人生”却真真是一处“太虚幻境”，对于家人来说，多病的他只是差强人意的传宗接代的指望，当健康的弟弟们出生后，失宠的小少爷因受到家人的惩罚而死去。意气相投的黑雀把小少爷视作猴戏团的一员，在他被家人“遗弃”后，依然对他念念不忘，哪怕冒着生命危险，黑雀也要实现自己在小少爷生前许下的诺言。

对尊严的敬畏、珍视与捍卫，超越人的生理需求的追求和满足，这是江湖之“义”的内涵，唯有依靠这份“义”的支撑，关东客们才能在恶劣的环境中生存下来。至小说的尾声，“一老一少，一猴一旗”的“猴戏团”仅剩下黑雀一人，此时的黑雀既是师父老高，也是猴儿老妖。他凝聚了他们的技艺之能和仁义之心，他是“猴戏团”的化身，他是行走在黑土地上的历经磨难、坚忍不拔、血性不屈、侠胆仁义的“猴行者”。

《猴戏团》不是一部轻松愉快的小说，然而没有人能保证我们的孩子永远安稳无忧地面对诡变的生活，孩子们需要知道，在百十年前，他们的太爷爷们可能曾经面对饥馁、贫穷、无家可归和死亡威胁，以及他们曾经怎样高尚地互相扶持，共度艰辛，将根扎在了肥沃的黑土地里，瓜瓞延绵，才有了如今的我们。当张忠诚讲这一段东北往事时，愿更多的孩子安静地听。